# A PALAVRA FALSA

Armand A Robin

# PALAVRA

# FALSA

Tradução e introdução à edição brasileira

*Stella Senra*

n-1
edições

Armand Robin

# PALAVRA FALSA

© n-1 edições, 2022
ISBN 978-65-86941-90-6

Embora adote a maioria dos usos editoriais do âmbito brasileiro, a n-1 edições não segue necessariamente as convenções das instituições normativas, pois considera a edição um trabalho de criação que deve interagir com a pluralidade de linguagens e a especificidade de cada obra publicada.

**coordenação editorial** Peter Pál Pelbart
e Ricardo Muniz Fernandes
**direção de arte** Ricardo Muniz Fernandes
**assistente editorial** Inês Mendonça
**tradução** Stella Senra
**preparação e edição** Pedro Taam
**revisão** Flavio Taam
**projeto gráfico e diagramação** Joana Amador

A reprodução parcial deste livro sem fins lucrativos, para uso privado ou coletivo, em qualquer meio impresso ou eletrônico, está autorizada, desde que citada a fonte. Se for necessária a reprodução na íntegra, solicita-se entrar em contato com os editores.

1ª edição | abril, 2022
n-1edicoes.org

Organização, notas e
apresentação da edição francesa

*Françoise Morvan*

A PALAVRA

| | |
|---|---|
| 10 | Nota introdutória |

## A truta de prata
*Stella Senra*

## A palavra falsa
*Armand Robin*

| | |
|---|---|
| 77 | O leão colocou seu albornoz para secar no riacho |
| 87 | Um lugar me tem |
| 91 | Férias |
| 99 | Ultraescuta I |
| 105 | Ultraescuta II |
| 113 | O povo de telecomandados |
| 123 | A não língua de todas as línguas |
| 129 | Além da mentira e da verdade |
| 147 | O belo fogo de madeira incandescente |

## Textos complementares
*Armand Robin*

| | |
|---|---|
| 155 | A rádio internacional e o silêncio totalitário |
| 161 | Ultraescuta 1955 |
| 171 | Ultraescuta 1957 |
| 175 | Boletim nº 42, 1952 |
| 183 | Boletim nº 9, 1955 |
| 193 | Fac-símile |

## Anexos
*Françoise Morvan*

| | |
|---|---|
| 217 | Trabalho de escuta |
| 237 | Introdução à edição francesa |
| 249 | Advertência à edição francesa |
| 250 | Notas à edição francesa |
| 260 | Bibliografia sumária |

FASA

# Nota introdutória

*Stella Senra*

Antes de abordar *A palavra falsa*, convém reconstituir a "memória" do trabalho, ou seja, meu percurso ao longo dos 30 anos que se seguiram à descoberta da experiência rara, se não única, que Robin desenvolveu com o trato da informação – e que daria origem a este livro. Uma memória intrincada, direta ou indiretamente, nas suas idas e vindas ao texto, na história do século XX e do século XXI.

Robin estudou e analisou, por meio da escuta radiofônica, a linguagem totalitária da propaganda política da URSS a partir da Segunda Guerra e durante a Guerra Fria. Por meio da escuta das mais importantes rádios internacionais do Ocidente, encontrou "similaridade" – quanto aos objetivos, às técnicas e aos processos – entre a lógica da propaganda política no mundo russo e aquela do que ele chamava de "mundo não russo". Setenta anos após a publicação de *A palavra falsa*, o pensamento de Robin ainda reverbera no contexto hiperinformado de nossos dias, e sua força se torna mais evidente quando nos deparamos com a ameaça de guerra entre esses dois mundos, ainda às voltas com o fantasma da Guerra Fria.

Meu contato com *A palavra falsa*, de Armand Robin, se deu em meados da década de 1970. Fascinada por este trabalho único, até o final da década visitaria a obra de romancista, tradutor, crítico e poeta que Robin produziu. Vinte anos depois (entre 1991 e 1992) fiz uma pesquisa de pós-doutorado sobre *A palavra falsa*, com a tradução do livro e produção de um ensaio sobre a experiência de Robin. Nesse momento de homogeneização da informação – e do público – no mundo ocidental, que viria a coroar o processo de globalização em curso já há algum tempo, a análise de Robin soava como um estímulo face à mornidão então predominante nesse campo. Mas o pano de fundo do meu trabalho, ainda não tão claro como viria a se tornar, era o desmonte da antiga URSS, que se seguiu à queda do muro de Berlim.

O resultado desse trabalho permaneceu inédito ao longo de quase 30 anos. Voltei ao livro e à experiência de Robin recentemente, após a drástica transformação do contexto mundial e local da informação. Novos elementos emergiram, que viriam ampliar e aprofundar minha visão da obra, conferindo outro interesse à publicação do conjunto. Além da transformação tecnológica no campo da informação algumas décadas após o feito de Robin – que antecede, mas chega até o surgimento da televisão –, as novas circunstâncias, que puseram em evidência o papel decisivo da informação digital no processo político, e particularmente no Brasil, propiciaram uma situação cada vez mais parecida com a do mundo descrito pelo poeta: a degradação da linguagem – a "matança do verbo", como ele gostava de nomear. A partir desse momento, o trabalho de quase trinta anos atrás passou a exigir um novo tipo de atenção.

Por uma infeliz conjunção de circunstâncias, o livro vem à luz no momento em que a guerra desponta de novo no mundo.

O livro já estava para ser lançado quando a nova situação se declara, e por isso, o texto que se segue não se estende até este trágico mês de março de 2022. Mas o leitor verá que o pensamento de Robin segue contribuindo para entender alguns meandros do agora ainda mais perturbador campo da informação.

# A TRUTA DE PRATA

Stella Senra

# A TRUTA DE PRATA

Stella Senra

O escritor, poeta, tradutor e crítico Armand Robin (1912-1961) dedicou os últimos 21 anos de sua vida a um trabalho único que consistia em ouvir, em várias línguas, rádios internacionais (sobretudo da URSS e, dentre elas, as voltadas para o interior) e em elaborar, a partir delas, boletins de análise da situação mundial. Foi esse trabalho que deu origem ao livro *A palavra falsa*, cuja primeira edição data de 1953; mais duas se seguiriam, uma em 1979 e outra em 2002. Após sua morte, foi editado em 1990 *L'expertise de la fausse parole*, na verdade o embrião de *A palavra falsa*, coletânea de crônicas escritas de 1941 a 1942 e publicadas no jornal *Combat*, no qual Robin registrou sua reflexão sobre o trabalho que então desenvolvia.[1]

Além da poesia e da crítica literária que continuou publicando em livros, jornais e revistas, essa escuta foi desenvolvida ao lado de um intenso trabalho de tradução de poesia de variada

---

[1] Armand Robin, *Expertise de la fausse parole*. Textes rassemblés et presentés par Dominique Radufe. Rennes: Ubacs, 1990.

origem: do árabe ao chinês, do uigur ao finlandês ou ao russo, Robin foi o introdutor, na França, de dezenas de poetas desconhecidos e também um dos melhores tradutores de seu tempo.[2] Caído no esquecimento após um breve interesse nos anos 1970, Robin hoje ainda é lembrado por *A palavra falsa*, que, dentre os seus livros, é o mais conhecido. Libelo maior contra a propaganda política, trata-se de um grande e pungente poema que revela não apenas a descoberta do mal que esta faz à mente humana, mas o seu pior dano, de ordem metafísica: a destruição do espírito, por meio do aniquilamento da palavra. A dor que a obra revela é a de um poeta que sofre na carne a destruição de seu bem maior: a palavra; mas ela é também de toda a humanidade, que Robin vê atingida pela "matança do Verbo" desencadeada pela força dos governantes em todo o mundo.

Em virtude de seu domínio de várias línguas — a escuta foi feita em 41 delas, segundo quadro do autor —, Robin teve acesso às rádios russas interiores[3] e a muitas outras, nacionais e internacionais, de dezenas de países e dedicou todas as suas noites

---

2 Entre 1940 e 1961, Robin publicou *Ma vie sans moi*, coletânea de poemas seus ou traduzidos (Gallimard, 1940); o romance *Le temps qu'il fait* (Gallimard, 1942); o ensaio "La fausse parole" (Plein Chant, 1953); e mais de dez volumes de traduções de poetas como o húngaro Endre Ady; os russos Blok, Iessiênin, Maiakovski e Pasternak; o *Rubáyát*, de Omar Khayyám; *Otelo*, *As alegres comadres de Windsor* e *Romeu e Julieta*, de Shakespeare, e mais dezenas de outros poetas asiáticos e árabes — alguns deles reunidos em *Poésie non traduite* (Gallimard, 1953/58). Algumas de suas traduções e críticas foram editadas *post mortem*, dentre elas *Écrits oubliés* (Ubacs, 1986), em dois volumes, e *Fragments* (Gallimard, 1992), ambas reunidas e apresentadas por Françoise Morvan, além de *Expertise de la fausse parole* (Ubacs, 1993), com textos reunidos e apresentados por Dominique Radufe. In: Armand Robin, *Fragments*. Texte établi et présenté par Françoise Morvan. Paris: Gallimard, 1992 (NRF).

3 Robin designava como "rádios interiores" aquelas que emitiam para dentro da URSS.

a ouvir a propaganda política, da qual se tornou um grande conhecedor e, sobretudo, o maior dos detratores. Esse ofício que exerceu durante a Segunda Guerra Mundial e a Guerra Fria, de 1941 a 1961, ano de sua morte, além de único no mundo, é um dos mais fascinantes feitos no campo da informação do século XX.[4] Ao privilegiar, nesta segunda visita ao livro de Robin, o campo da informação e não mais o do jornalismo, gostaria de sugerir que os procedimentos acionados pelo poeta se aproximam hoje mais do processamento da informação, no sentido contemporâneo do termo, do que da sua busca, elaboração e transmissão, no campo do jornalismo. Se tomarmos como ponto de partida a vizinhança entre esses dois processos, é possível ainda pôr em evidência o longo alcance do trabalho de Robin. Apesar da lacunar mas perturbadora biografia do poeta, que não nos permite sondar o mistério de uma vida que escolheu se anular, a atualidade do pensamento de Robin parece ser, assim, o primeiro aspecto a se destacar para o leitor contemporâneo.

Tal aproximação leva em conta não apenas a compreensão que Robin tinha do rádio como tecnologia de comunicação, mas o entendimento da amplitude de sua atuação e o reconhecimento da sua intensa força política; força política da mesma ordem da que hoje é exercida pelas grandes corporações digitais como Google, Youtube, Facebook.

Por ser poeta, e um poeta que conferia grande valor à sonoridade das palavras, Robin entendeu como ninguém no seu tem-

---

[4] O serviço de radioescuta já existia antes, mas era completamente diferente do que Robin fazia. Mesmo no Brasil, funcionou em muitas rádios até os anos 1970 e consistia em ouvir os noticiários das principais estações para usar em seus próprios boletins de notícias. Podia ser feito pelo redator, mas em geral havia um funcionário que passava os dias nessa função.

po (e talvez até hoje) o potencial da técnica radiofônica. Basta lembrar o que escrevia sobre o rádio em 1947 quando, ao valer-se de noções como "simultaneidade" e "planos superpostos", ficava muito próximo desses sentidos que o campo digital viria potencializar: "As rádios ouvidas em todas as línguas apresentam a imensa vantagem de que, ao mesmo tempo, à mesma hora, em planos superpostos e simultâneos, todas as propagandas se mostram no próprio desenrolar de sua ação sobre milhões e milhões de cérebros. 'Sintéticas' por definição, as escutas do rádio permitem num mesmo instante, graças à simultaneidade dos planos sonoros, fazer uma 'expertise' das pressões mentais às quais é submetida a humanidade atual."[5] Robin era capaz de um entendimento muito claro da tecnologia do rádio — não apenas no que diz respeito à sua ação no tempo (os "planos sonoros simultâneos"), mas também aos seus efeitos em intensidade e extensão no espaço, responsáveis pela amplitude da sua atuação sobre grandes públicos.[6]

Importa destacar ainda que a análise crítica da propaganda totalitária empreendida por Robin não se restringia unicamente à URSS no período da Guerra Fria — tema central de *A palavra falsa*. O interesse do autor ultrapassou em muito o regime

---

5 Armand Robin, *Expertise de la fausse parole*, op. cit., p. 22.

6 Robin se interessava sempre pelo aspecto técnico das mídias. Contemporâneo do surgimento da TV, em *A palavra falsa* elogiou também o comportamento ainda "modesto", do jovem veículo, advertindo entretanto que ela seria chamada "para servir a temerárias operações de dominação mental à distância; pode ser que por meio dela sejam tentadas atividades visando domar, magnetizar de longe milhões e milhões de homens"; ao destacar o *modus operandi* da tecnologia da TV, argumentou que com o simples girar de um botão nela o real pode ser decomposto e recomposto à vontade em linhas e pontos, "que ele não existe enquanto tal e que, portanto, vê-lo naturalmente não tem valor nenhum". *A palavra falsa*, op. cit., p. 117.

stalinista, abrangendo também a propaganda desenvolvida no campo não russo — assim gostava de nomeá-lo —, em relação ao qual a retórica comunista apenas se encontraria, segundo ele, à dianteira. Ao conferir à sua análise da dominação política por meio do rádio uma dimensão mundial, pode-se dizer também que Robin "intuiu" o processo de globalização do sistema de comunicação; fenômeno que viria a se tornar muito mais efetivo ainda com a chegada da era digital.[7]

Há de fato uma grande sintonia entre as conclusões de Robin e o que tem sido feito hoje, por meio das redes sociais (particularmente do que foi concretizado na campanha do Brexit, nas últimas eleições para presidente nos EUA, assim como em países europeus e no Brasil). Para tornar mais nítida essa afirmação é possível traçar, do ponto de vista dos processos envolvidos, uma analogia entre o trabalho de Robin e a atuação das redes.

No campo da aquisição da informação, por exemplo, esta já estava "dada", por assim dizer, quando Robin iniciava sua escuta. Do mesmo modo que a informação digital trabalha a partir de dados, ele não produzia os seus; diferentemente do jornalismo, eles lhe vinham dos noticiários difundidos pelas rádios de quase todo o mundo. Mesmo não sendo interativa, como a tecnologia digital, a difusão da informação pelo rádio já partilhava com aquela a instantaneidade e a simultaneidade, que o mundo

---

7 A crítica mostra que, quando a globalização aconteceu, o Brasil já sediava grandes conglomerados de comunicação dotados de acentuada concentração, grande poder e com tendências políticas conservadoras. Desde os anos 70, eles já atuavam como correia de transmissão de tendências globais (valores, modos de viver, desejos), muito bem recebidas pelo público. Com a chegada da era digital, esse público já se encontrava, de certa forma, adestrado para entrar em contato com novas formas de produção cultural e, principalmente, de consumo que viriam potencializar ou competir com as já existentes.

digital viria por a proveito, inclusive político, de modo ainda muito mais radical.[8] Assim como no universo digital, a busca de Robin pela informação implicava num certo tipo de "filtragem" de dados, seguida por uma análise, etapas que podem ser aproximadas do "processamento", na informação digital.

A primeira etapa do "método" de Robin — "adquirir os dados" — implicava em ouvir as notícias — o que se passava à noite, quando era possível sintonizar, sem muita interferência, as estações que emitiam em ondas curtas. Mas essa escuta por sua vez não era "crua"; ela se dava por meio de uma "filtragem" dos dados — operação que poderia corresponder a uma etapa dos programas usados pela informação digital: em vez de algoritmos, como esta última, Robin achava necessário alcançar um determinado "estado de espírito" que lhe permitisse captar, no grande volume de dados, apenas aqueles que interessavam ao seu trabalho. Para ouvir o que de fato estava sendo dito na massa de informações sonoras acionadas pelas rádios, afirmava ele, era preciso pôr-se em estado de "vacância", isto é, esvaziar-se; tornar-se sem subjetividade, de modo que o intenso fluxo de informações pudesse como que atravessar o ouvinte, sem esbarrar nos obstáculos do "eu". O esvaziamento de si, o "rebaixamento" do eu seriam, desse modo, a condição primeira da escuta.

Esvaziar-se para que nenhum traço subjetivo fizesse barreira ao fluir da informação, deixar-se "atravessar" pelas palavras até que uma aqui, outra ali, algumas se destacassem e, ao serem coordenadas entre si, revelassem um novo sentido até

---

8 Única tecnologia de comunicação instantânea existente à época, o rádio se beneficiou da mesma tradição que o cinema quanto à atuação política: tanto que ambos tiveram papel fundamental seja no período da Revolução Russa, seja na construção do nazismo na Alemanha.

então escondido: esse procedimento lembra de fato os programas informacionais que operam por meio de padrões, sendo capazes de detectar tudo o que deles escapa. Robin tinha um extraordinário dom para "detectar" palavras que ressaltavam do noticiário uniformizado e que emergiam do fluxo ininterrupto da fala, para se manifestarem como "diferença" – ou seja, como "informação". Só que, para tanto, usava uma ferramenta bem diferente daquela à qual recorrem os softwares: a intuição.

Era como se, do emaranhado das falas do noticiário, uma ou mais palavras, ou conjuntos de palavras, despontassem e chamassem sua atenção. Mas nem sempre isso se dava pelo que elas diziam: as palavras podiam atraí-lo por uma entonação acentuada, uma respiração, uma pausa mais ou menos longa, um modo de escandir, um silêncio ou até mesmo uma mera repetição de termos, sugerindo sinais que ele seria capaz de "ler" para encontrar, por trás desses traços, os fatos reais.

Ao examinar os poucos boletins que restaram após a morte de Robin, Dominique Radufe observou que o poeta tinha uma relação "quase sensual" com os acontecimentos.[9] É verdade. Se a escuta de Robin demandava um esvaziamento de si para que nada impedisse a "passagem" das palavras, essa escuta não era uma operação "maquinal", como no universo digital; ao contrário, implicava uma participação intensa do corpo, à qual ele se refere mais de uma vez quando evoca, por exemplo, a busca de um estado de "fadiga", quando insiste na sua posição, "curvado sobre o aparelho", ou no "sacrifício do sono", na "morte do corpo". É que, no polo oposto ao sistema informacional, que opera por algoritmos, na sua condição de poeta Robin se valia

---

9  Prefácio de *Expertise de la fausse parole*, op. cit., p. 8.

da relação sensível com as palavras e principalmente com os seus sons. Desse modo ele era como que "guiado" até as mentiras e manipulações por trás das notícias, o que lhe permitia desenvolver análises extremamente originais dos fatos – ou, até mesmo a ultrapassá-los, antevendo o que estaria por vir.

Nessas duas etapas, aquisição dos dados e processamento, devemos destacar o papel de sua grande paixão, as línguas, e sua enorme capacidade de aprendê-las. Alguns críticos afirmam que ele dominava vinte delas, enquanto outros põem em questão esta sua capacidade; em todo caso, se conferirmos o quadro por ele elaborado das rádios ouvidas, sua escuta chegou a 41 línguas, o que dá uma medida do alcance da sua compreensão de línguas de origens as mais diversas. É importante destacar, além disso, que esse conhecimento – que dará lugar à sua outra atividade, a tradução – não é nem nunca foi utilitário; ele é metafísico. Por meio do domínio de várias línguas, Robin acreditava ser possível estudar "a substância geral do homem" e constatar "a unidade do espírito".

De certo modo, o conhecimento das línguas tinha um papel semelhante ao do esvaziamento de si que ele também buscava, tanto que Robin descreveria do seguinte modo sua necessidade de dominar várias línguas: "Preciso absolutamente viver no universal, sair de mim mesmo, romper todos os enquadramentos que nos são propostos. Quero ser o maior número possível de homens, quero variar incessantemente os objetivos e os meios para me desviar de todas as 'rotinas' da vida individual."[10]

---

10 Armand Robin, *Écrits oubliés I – Essais critiques*. Textes rassemblés e présentés par Françoise Morvan. Rennes: Ubacs, 1986, pp. 172-173.

Que não se entenda, no entanto, essa busca, como às vezes se faz, como "mística": o domínio de várias línguas não é a busca de uma "essência" do homem (o "universal" pode ser oposto à "essência"), de uma "fusão" com o outro, mas uma incessante procura daquilo que está aquém da rotina da língua, no incomunicável.

No caso específico da escuta, Robin tinha capacidade de ouvir noite adentro, nessas muitas línguas, milhares de informações, de cruzá-las e e de "operar sínteses" (assim ele definia seu trabalho) – ou de "processar", como se diz hoje em dia, os dados obtidos em agudas análises da situação mundial. No ofício de ouvinte, ele encontrava a chance de aliar sua paixão pelas línguas ao seu compromisso político para apontar a mentira, o engodo que, por meio das palavras, as rádios da URSS e ainda as rádios internacionais pretendiam impor aos ouvidos do público mundial.

Na última etapa desse processo, finalmente, o "público leitor" dos boletins também não correspondia ao leitor habitual do jornalismo, aproximando-se mais do usuário digital. Não existe certeza quanto à identidade dos poucos assinantes dos boletins – seu número não passava de quarenta: Françoise Morvan cita o Palácio do Eliseu – sede do governo francês –, o Conde de Paris, alguns jornais. Dominique Radufe menciona por sua vez os grandes das finanças, da diplomacia, da política e da informação: embaixadas, ministérios, serviços de imprensa e até o Vaticano. Tratava-se de um pequeno grupo definido seja por interesses próprios, seja pelo poder que detinha, ou ainda por sua capacidade de exercer influência, e que recebia a informação, entregue na maioria dos casos em mãos, no próprio endereço – como acontece hoje com o microdirecionamento no campo da informação digital.

Essa analogia joga luz, por um lado, sobre a "capacidade operatória" (ou "a capacidade de operar sínteses", como Robin definia) de um único usuário (o ouvinte) que acessa, por meio de seu aparelho de rádio e da sua percepção, uma imensa quantidade de informações em tempo real, colocando-se como "ponto" de convergência ou "terminal" para onde afluem todos os dados. A crítica do papel político das rádios – sobretudo da URSS e dos países do leste –, que Robin destaca com tanta eloquência no seu embate com o totalitarismo, aproxima esse trabalho das denúncias que se fazem hoje contra o desempenho das redes sociais (mensagens em massa pelo WhatsApp, Facebook... e sobretudo *fake news*) em alguns dos acontecimentos políticos mais recentes do mundo capitalista (Brexit, eleições americanas, italianas, brasileiras etc.).

Essas novas técnicas usadas pelo poder político geraram, de fato, um outro tipo de totalitarismo que utiliza seus meios para se apropriar das mentes e dos espíritos, através da customização e do direcionamento da informação: dada a capacidade de conhecer e mapear de maneira refinada os usuários, não se trata mais de influir por meio de mensagens genéricas, mas de desvendar o público nos seus mais ínfimos desejos e segmentar as mensagens de modo a focalizar não mais propriamente "indivíduos" mas grupos constituídos segundo ínfimas características ou qualidades ("o dividual", como dizia Deleuze), fazendo com que pareça escolha ou decisão pessoal algo que foi fruto da mais refinada modalidade de manipulação jamais utilizada. A customização da informação obtida por meio do cruzamento de dados dos usuários possibilita, de fato, o conhecimento e até a previsão de seu comportamento – ou dos grupos formados por eles – através de sofisticados programas nas mãos de empresas a serviço de forças políticas e/ou econômicas que os compram. Os programas não focalizam sequer o indivíduo em si, mas aquela ínfima parte dele que possa interessar a esses grupos, à qual ele próprio sequer atenta ou considera.

Em relação ao *modus operandi* do rádio, a informação digital apresenta ainda um agravante: se nas informações veiculadas pelo primeiro a mentira era gerada pelo próprio Estado, no mundo virtual deposita-se nas mãos de cada um a possibilidade de gerar e divulgar suas mentiras ao infinito, sendo portanto ilimitado o potencial de dano.[11]

\*\*\*

Antes de prosseguir esta apresentação da escuta será preciso invocar, ainda que rapidamente, outra atividade de Robin, a tradução – inseparável da produção dos boletins.[12] Robin deu início à tradução de poesia antes de começar seu trabalho de escuta, mas, antes de abordá-la, será preciso mencionar o interesse muito peculiar do poeta pelas línguas.

---

11 Por se tratar de relatos baseados em mentiras visando à manipulação, o caso das *fake news* é exemplar e, provavelmente, o que mais se aproxima das conclusões de Robin sobre a informação totalitária via rádio. Um bom exemplo nesse sentido é o da mamadeira em forma de pênis, que teria sido distribuída nas creches pela prefeitura de São Paulo durante a gestão do prefeito Fernando Haddad – falsa notícia criada nas redes que ganhou o grande público para interferir no resultado das eleições presidenciais de 2018.

12 A tradução é o único aspecto do trabalho de Robin já abordado no Brasil, por meio da tese inédita de doutorado de Maria Emília Pereira Chanut, intitulada "Armand Robin e a pulsão politradutória: Double bind em excesso", UNESP, 2004.

Na verdade, essa relação com as línguas é extremamente complexa, e o que menos importa é determinar quantas línguas Robin dominava. Na obra de Robin, a palavra guarda um vínculo estreito com a terra, o *pays* (em francês, além de designar "país", a palavra também tem o sentido de "terra", lugar onde se nasceu); a terra bretã é um de seus temas fortes, e o ato de "trabalhar" a terra lhe fornece uma de suas insistentes metáforas para sua própria tarefa como escritor ("lavrar as palavras").[13]

O bretão, que primeiro falou, não era escrito, e o francês aprendido na escola não era sua língua materna. Além disso, este último soava-lhe como uma "língua domada", o que o levou a considerar o russo sua "língua natal", assim descrevendo a sua descoberta: "eu já tinha há muito tempo desmamado do bretão; após uma longa procura descobria uma língua de 'palavras frescas', 'tocantes' e 'violentas', animadas por uma 'terna barbárie' ainda mal domada".[14] Seu comentário soa como se ele amasse nessas palavras um estado selvagem, um estágio ainda próximo do seu nascedouro.

Ao se referir ao "estado selvagem" das palavras russas, Robin pode de fato ter tido em mente uma terra não desbravada; mas esse "estado" não é justamente aquele em que as palavras ainda não incorporaram traços de subjetividade – donde seu frescor? Encontraríamos assim o programa que iria orientar toda a sua obra: esvaziar-se, tornar-se vacante para que a subjetividade não contaminasse as palavras. Nesse sentido, mais

---

13 Tanto a relação de Robin com a terra como aquela com sua mãe, sobretudo associadas, despertaram interpretações psicanalíticas do trabalho do poeta, principalmente na década de 70. Elas parecem não apenas datadas, mas sobretudo simplificadoras.

14 Armand Robin, *Écrits*, op. cit., vol. I. pp. 178-187. As aspas são minhas.

precisa e refinada que a do russo será a descrição que Robin faz de uma outra língua: o chinês. Vejamos o fragmento intitulado "Mon pays en Chine".

> Por muito tempo tive uma pátria, fui pátria.
> Uma única folha, contemplada ao amanhecer,
> compunha para mim um reino inteiro que
> nem mesmo Salomão jamais teve, em toda
> a sua glória (...).

E mais adiante:

> (...) bruscamente, vi-me em busca de um reino
> no qual nenhum socorro pudesse mais chegar
> até mim. Tive que procurar o mais difícil e o
> mais estranho dos lugares para a voz isolada,
> desertada, que se elevou em mim, sem mim
> mesmo. Quis encontrar algo que não me deixasse
> nunca mais voltar a mim, um imenso planalto
> desnudado onde caminhar firmemente, exilando-
> me de mim, em todas as direções clamando por
> mim e, ao mesmo tempo, me desencorajando.[15]

Esse reino para a "voz desertada" que Robin tanto buscou corresponde perfeitamente à sua descrição do chinês, língua da qual o "exílio de si" seria parte constitutiva. Assim ele precisará:

---

15 Id., *Fragments*, op. cit., p. 85.

> Em chinês, nenhum socorro mais; os signos indicam tudo, não explicam nada; imperiosos e celestes, mantêm-se à distância do sentido frágil com o qual esta ou aquela frase os engana, não guardam nenhum traço dos usos nos quais foram levados a se aventurar; nada de conciliábulo entre as palavras de uma frase; e até nada de palavras, nada de frases; um silêncio sem suporte brota de um signo a outro, quando uma vaga fala tenta comprometê-los. Esta língua ainda não conseguiu chegar até o homem; ela exige dele seja uma razão extrema, seja aquele suplemento de loucuras graças ao qual ainda existem sonhos, lágrimas e esforços sem objeto. É sem dúvida um dos milagres do espírito humano ter criado uma língua assim tão afastada de todas as outras, como Sirius parece ser de nossa terra; língua sem substantivo, sem adjetivo, sem plural, sem masculino, sem feminino, sem neutro, sem conjugação, sem sujeito, sem complemento, sem oração principal, sem subordinada, sem pontuação, sem vocabulário maior do que aproximadamente quinhentos sons – língua mantida há 4 mil anos acima da metade da terra como um conjunto de estandartes nos quais os homens leem seus mais exigentes sonhos.[16]

Diante de uma relação dessa ordem com as línguas, torna-se evidente que a tradução não poderia ser, para Robin, um simples exercício de busca de sentido. Traduzir era para ele um ato poético completo e complexo, que gostava de chamar de "não tradução": original e tradução se equivaliam, como também podiam, do mesmo modo, ser equiparados o trabalho do tradutor

---

16 Id., *Fragments*, op. cit., p. 86.

e o do poeta. Seu primeiro livro, *Ma vie sans moi*, já apresentava, em pé de igualdade, poemas de sua autoria ao lado dos de outros autores.

Em consonância com o que fazia na escuta, a tradução também era parte do processo de "sair de si mesmo", e Robin dela esperava que o "liberasse de sua própria obra", "o impedisse de qualquer volta ao (meu) coração". Ele confessa que, depois de conhecer Iessiênin, Maiakovski se sentiu "traduzido";[17] "tudo o que tinha a dizer, outros, numa terra de outro modo pungente, já tinham gritado alguns anos antes; a maior felicidade que jamais pude conceber tinha me beneficiado: estava dispensado de minha obra e, no entanto, podia apreciá-la sem com isso nela me chocar diante de minha importuna presença". Escapar de si, mas também escapar à tirania do escrito: Morvan nota que Robin quis, desde o início de sua tarefa de tradutor, buscar formas de expressão se não mais livres, pelo menos mais próximas da cultura oral na qual foi criado. É assim que os primeiros projetos para o rádio surgem quase ao mesmo tempo que as primeiras traduções.[18]

Tradução e escuta são, portanto, atividades que ressoam entre si: se por meio da escuta ele esvaziava "sua incansada cabeça" para dar abrigo à palavra falsa que assediava as mentes em todo o mundo, a tradução lhe permitia encontrar um "repouso de si". Robin só traduziu poetas em relação aos quais sentia afinidade; o que não significa que ele se reconhecesse no outro como numa projeção, que buscasse se "fundir com ele", nem se afirmar, por sua vez, como autor. O termo não tra-

---

17 Id., *Écrits oubliés I*, op. cit., p. 178.

18 Françoise Morvan, *Écrits oubliés I*, op. cit., pp. 79-80

dução[19] visava justamente negar o ato de reproduzir fielmente a palavra do outro, de escapar das "indolências da exatidão" para chegar, juntamente com o autor, ao "milagre que permitiu (às palavras) tornarem-se poesia".[20]

Assim como na escuta, na tradução Robin tinha interesse especial pelos sons das palavras em língua estrangeira. Eram esses sons que, por meio de operações muito próprias, ele buscava pôr em evidência no seu trabalho. Não é por acaso que, na série *Poésie non traduite*, programas de rádio que produziu para a Rádio Francesa, ele fazia dois ou mais atores dizerem o poema ao mesmo tempo na língua original e na tradução, em busca de inéditos e curiosos efeitos sonoros.[21]

---

19 Robin recorreu muito ao vocábulo "não" para negar gestos habitualmente aceitos e consagrados em certos processos: ao lado da não tradução, o não agir como definição do anarquismo faz parte de seu vocabulário e define novas modalidades de criação ou de ação política.

20 A citação completa está na crônica "Étonnements du traducteur", onde Robin escreveu: "Traduzir um poema é concluir uma aliança com um primeiro traidor: confrontado ao real do bom senso, todo bom poema é por natureza um contrassenso guiado pela harmonia: nada deve, nada pode dispensar o poeta tradutor do dever imperioso de criar numa outra língua um contrassenso equivalente; não se trata de modo algum de palavras apenas, mas do milagre que lhes permitiu tornarem-se poesia; é salutar que o espírito inteiro sinta seu poder se exercer à vontade sobre a sonoridade de uma sílaba; quem quiser chegar à exatidão deve se deixar seduzir por um terrível rigor, do qual as indolências da exatidão não podem dar ideia". In: *Écrits oubliés II – Traductions*. Textes rassemblés et présentés par Françoise Morvan. Rennes: Ubacs, Rennes, 1986, p. 13.

21 A série *Poésie sans passeport*, hoje perdida, que Robin produziu com seu amigo Claude Roland-Manuel para a RF comportava experimentos avançados como a leitura por atores e professores dos poemas traduzidos juntamente com a dos originais, buscando convergência de sonoridades de efeitos surpreendentes. Em 1990 Françoise Morvan publicou em livro, com o mesmo título, a série de poemas deste programa.

\*\*\*

Não é necessário relembrar aqui a rarefeita biografia de Robin, desde muito cedo apaixonado pela leitura, o que o obrigava a esconder-se do pai, que o destinava às tarefas pesadas do campo, para desfrutar do prazer de seus poucos livros. Além do ofício de ouvinte, Robin foi poeta, romancista, crítico e tradutor, produziu programas para o rádio e até concebeu um roteiro de filme[22] – toda uma história contemplada no prefácio da presente edição, de autoria de Françoise Morvan. Seus dois primeiros livros, *Ma vie sans moi* e *Le temps qu'il fait*, da prestigiosa editora Gallimard, receberam elogios de um crítico da estatura de Maurice Blanchot, tendo o segundo sido contemplado com um ensaio num de seus livros.[23] Seria conveniente, no entanto, rememorar algumas das exíguas informações sobre a vida do escritor, de grande incidência no entendimento-desentendimento que dela tem sido feito.

Camponês bretão, pobre, que só aprendeu o francês ao se alfabetizar, a relação de Robin com as línguas, como já foi dito, está no coração das suas duas atividades mais duradouras: a tradução da poesia e a escuta das rádios estrangeiras. O nascimento e a morte de Robin estão encobertos pelo mistério – uma ausência de biografia foi imposta pelo próprio poeta e

---

[22] Em 1958 ele depositou na RTF (Rádio e televisão francesas) um roteiro para um filme sobre Versalhes com o título "Versailles et l'esprit classique français". In: Armand Robin, *Écrits oubliés I*, op. cit., p. 315.

[23] Em seu primeiro livro, *Faux pas*, Maurice Blanchot dedica um elogioso artigo ao livro de Robin, considerado, juntamente com *O estrangeiro* de Camus, uma das duas obras francesas mais importantes do ano de 1943. Para Blanchot, o autor tinha a mesma estatura de Sartre e de Camus. Também o conhecido crítico Philippe Jaccottet dedicou um artigo ao livro *Poésie non traduite II*, NRF, abril de 1954.

fazia parte de seu projeto de se fazer ausente: numa crônica do ano de sua morte, por exemplo, se referiria à data do seu nascimento como se fosse "uma propaganda de boca a boca"[24] e não um fato; assim também, não por acaso seu primeiro livro se intitularia justamente *Ma vie sans moi* (Minha vida sem mim, Gallimard, 1940). Por outro lado, há também o mistério objetivo de sua morte: Robin foi preso dia 28 de março de 1961 (em plena Guerra da Argélia) e levado à Enfermaria Psiquiátrica da Polícia Central: morreu no dia seguinte, sem que se saiba até hoje por que e como ali chegou.

"Após sua morte numa delegacia, relata seu amigo Claude Roland-Manuel, tentamos, eu e Henri Thomas, recuperar seus textos para poupá-los do pior, mas havia lacres na porta de sua casa. Pedi à porteira que me avisasse, assim que os transportadores municipais tivessem chegado. Ela me telefonou: era um 13 de julho. Fui com Georges Lambrichs (da editora Gallimard). No apartamento de Robin havia uma montanha de papéis que parecia chegar até o céu. Tivemos apenas dez infelizes minutos para tentar salvar alguns dos manuscritos. Os transportadores pisavam em tudo. Partimos com três malas. O resto dos inéditos foi para o lixo público."[25]

Esse depoimento desvela a vida solitária, conturbada – além de controversa – do poeta que foi comunista e mais tarde se declarou anarquista; que atuou como uma espécie de "agente duplo", trabalhando para o Ministério da Informação durante

24 Armand Robin, "L'homme sans nouvelle", in NRF, 1961, retomado por Morvan no prefácio desta edição.

25 Depoimento de Claude Roland-Manuel, amigo de Robin, ao *Monde des livres*, 12 abr.1985. Retomado por Françoise Morvan em Armand Robin, *Fragments – Texte établi e présenté par Françoise Morvan*. Gallimard, 1992.

a ocupação da França e colaborando, ao mesmo tempo, com a Resistência; que se ligou aos meios literários e políticos de esquerda numa Paris convulsionada; que produziu sua obra no imediato pré-guerra, durante a Segunda Guerra Mundial, a ocupação, a liberação e a Guerra Fria — tempos turbulentos, de relações complexas e tumultuadas, de confrontos e embates, de polêmicas aguerridas.

No seu caso, essa turbulência seria acentuada por dois fatos apontados no presente volume: o primeiro, sua viagem à URSS, em 1932, seguida de uma grande decepção com o regime, que o fez afastar-se do comunismo stalinista, desencadeando polêmicas e grangeando um sem número de inimizades no meio literário e intelectual de esquerda. Com efeito, foi dolorosa a decepção de Robin diante do regime então em vigor na URSS, da fome sofrida pela população — que pôde testemunhar *in loco* — e sobretudo diante da opressão da elite governante sobre o povo pobre — do qual o camponês bretão se sentia parte, e do qual, por falar russo, pôde se aproximar durante a viagem. Foi essa decepção que o levou a iniciar sua cruzada contra o stalinismo.

A viagem de Gide, um ano depois, costuma ser evocada a propósito da experiência de Robin. Diferentemente de Gide, que, também entusiasta da Revolução Russa, foi recebido com honrarias, Robin quis falar com os trabalhadores e camponeses, viajou pelo interior e pôde constituir uma visão direta do que se passava no país após a revolução que vários intelectuais franceses tanto admiraram. Mais dolorosa ainda que a descoberta da fome imposta ao povo por uma "elite que se banqueteava" — são suas palavras — seria a descoberta, sobretudo para um poeta, de que o regime de opressão desenvolvido na URSS passava, antes de tudo, pela propaganda, pela palavra. E mais:

de que esse não era um "mal provisório", mas um "instrumento de dominação" eficaz demais para que outros sistemas, capitalistas, não o generalizassem.[26]

A compreensão que tem Robin da dominação pela palavra não se limita, de fato, à percepção do sofrimento que pôde testemunhar na URSS. Sua experiência de escuta o leva também a constatar que a estratégia ali desenvolvida se estendia muito além do campo russo e implicava na eliminação do próprio poder de expressão de toda a humanidade, fazendo baixar um silêncio de morte sobre a face da terra.

O segundo fato que marca indelevelmete a vida de Robin foi ter sido funcionário do Ministério da Informação de 1941 a 1942, em pleno período da ocupação alemã. Foi ali que teve início o trabalho de escuta em línguas estrangeiras e de elaboração de relatórios sobre a situação internacional, o que deu lugar também a duros conflitos contra os comunistas e a esquerda nesse sensível período da história francesa. Esse trabalho, que toma a maior parte do seu tempo, o torna de fato suspeito aos olhos de quase todos — tanto de seus colegas do ministério quanto de seus companheiros.

Françoise Morvan acredita que foi por isto que seus maiores amigos se afastaram: Jean Guéhenno deixa de publicá-lo, Paul Éluard e Jean Paulhan se integram à Resistência. O abandono

---

26 Numa carta a seu amigo Jean Guéhenno de 1936, escreveria: "Desde que perdi a fé na Rússia, não consigo mais acreditar no valor social (e menos ainda no político) das ideias; nenhum conceito político me comove mais; toda essa política com a qual meu espírito e minha alma inteiros foram infundidos está morta em mim; essas idéias outrora vivas em mim e em torno de mim, triunfantes, vitoriosas, alegres, tristes, dançantes, ei-las sob meus olhos um pouco como as notas sobre a partitura quando o piano está fechado." In: Françoise Morvan, *Écrits oubliés*, op. cit., pp. 25-26.

que o vitimou foi absoluto, mesmo tendo seus companheiros pleno conhecimento de que Robin passava seus relatórios para diversos serviços da Resistência – notadamente ao Serviço Clandestino de Informação.

Robin viveu essa ambiguidade de "agente duplo" por dois anos, servindo por um lado ao ministério do governo de ocupação e, por outro, encaminhando informações de alto nível à Resistência. Até que, colocado sob vigilância da Gestapo após denúncias sobre as quais até hoje não há precisões, ele deixa o seu posto no dia 1º de setembro de 1943. A partir daí ele dá, em caráter particular, continuidade ao trabalho de escuta e à redação dos relatórios, destinados então a assinantes privados, até o fim da sua vida. É, aliás, no prosseguimento de seu embate contra as forças políticas de esquerda nesse período que Robin será incluído na lista negra do Comitê Nacional dos Escritores (CNE), no dia 4 de novembro de 1946.[27]

Com certeza foi muito difícil para Robin manter sua obra na situação em que se viu mergulhado. Foi uma espécie de condenação a uma "morte simbólica", nota Morvan, agravada ainda por fazerem parte do júri do CNE seus amigos Éluard, Paulhan e Guéhenno, os primeiros a considerarem-no como escri-

---

27 O Comitê Nacional dos Escritores (CNE), criado em 1941, tem entre seus fundadores seu grande amigo Jean Paulhan, e era uma organização ligada à Frente Nacional tendo por objetivo a defesa da França e das Letras francesas. A lista negra, criticada mais tarde até por seus criadores, visava denunciar os escritores que, de algum modo, colaboraram com o ocupante. Consta que foi Robin quem pediu sua inscrição nesta lista: Morvan publica nos *Écrits oubliés*, dentre outras "Cartas indesejáveis", a que Robin dirigiu ao "Comitê de Depuração para a Literatura", do Ministério da Educação Nacional, pedindo para "constar em todas as listas negras". "Carta indesejável de 5 de abril de 1946". Françoise Morvan, *Ecrits oubliés*, vol. I, op. cit., p. 230.

tor.[28] Dando início a uma série de textos injuriosos, as "Cartas indesejáveis", endereçadas a amigos que o abandonaram, à revista *Lettres françaises*, ao Comitê Nacional dos Escritores, Robin escreve em 1943 um texto desafiador à Gestapo, no qual oferece seu endereço para ser preso (seguido, ao que parece, de insistentes telefonemas nesse mesmo sentido). Em 1944 tentaria voltar ao seu cargo sem sucesso, vendo-se condenado a um aniquilamento social, literário e humano. A partir de então deixa de escrever poemas, consagrando-se à tradução de seus poetas preferidos e à escuta das rádios.

## Escuta/tradução

É verdade que as posições de Robin o levam a um rompimento com o meio literário, até mesmo a uma contestação da instituição literária como sistema comercial.[29] É também verdade que, nesse mesmo momento, ele deixa de escrever sua obra literária, como nota Morvan: com efeito, a autora divide a vida de Robin em um período produtivo, até 1942, e outro de renúncia à própria obra, que durará até o fim de seus dias.

Mas, apesar de Robin ter renunciado de fato à carreira literária – como afirma Françoise Morvan –, se olharmos de outro ponto de vista essa trajetória, só aparentemente ela se encerra-

---

28 Françoise Morvan, *Écrits oubliés I*, op. cit., pp. 203-204.

29 Françoise Morvan, *Écrits oubliés I*, op. cit., p. 207.

ria nesse momento. Se o acalentado projeto do escritor era "se esvaziar", "ausentar-se de si", livrar-se de sua obra "importuna", essa segunda etapa da vida de Robin pode, com efeito, ser encarada como a realização desse objetivo, como o momento em que ele teria conseguido fazer desaparecerem de seu próprio trabalho, os últimos traços de subjetividade. Tanto assim que, ao afastar-se da sua obra como autor, as experiências às quais Robin se dedicará até o fim da vida – as não traduções, a escuta e os boletins – serão impulsionadas e uma intensa atividade será registrada nos anos que se seguem.

Se a experiência de Robin o leva de fato a um estado de isolamento em relação ao meio literário, a continuação das outras atividades sugere que sua obra poética não foi detida pela nova situação. Ela apenas muda de patamar, deixando de ser centrada no texto escrito, na figura do autor, no sujeito. Talvez por ter falado como primeira língua uma língua oral, Robin acreditava na força da oralidade, que discernia tanto na poesia quanto nas falas das rádios: é assim que, desse momento em diante, faz-se inteiramente ouvidos ora para se deixar penetrar pelas palavras assassinas da propaganda, ora para acolher a poesia que àquelas se opunha. Se nos desfizermos da figura mitológica do escritor, a escuta (que tem como contraponto a tradução) pode ser considerada a grande obra de Robin, aquela à qual ele se entregou literalmente de corpo e alma. Por meio dela Robin nomeou, descreveu e analisou a propaganda que aprisionava o sentido das palavras e as assassinava, matando o espírito.

Com sinais trocados, tradução e escuta constituem experiências que ressoam entre si e darão prosseguimento, de outro modo, à obra poética de Robin: circulando entre línguas, fundando-se na oralidade, seu desempenho tanto na escuta quanto na tradução coroa seu projeto de se fazer "transparente", de se deixar "atravessar" pelas palavras que, se no caso de uma, mortificam a linguagem e o espírito, no da outra têm o dom de salvá-lo. A radicalidade insistentemente evocada pelo poeta do gesto de "desfazer-se" de sua poesia para deixar que "outros poetas por ele falassem", o "esvaziamento de si" enquanto primeira condição para a escuta seriam, na verdade, não apenas exigências de sua própria obra, mas da realização de qualquer obra poética.

Desse momento de ruptura até sua morte, Robin traduziu dezenas de poetas e publicou vários textos de crítica literária ou outros tantos nos quais atestará a importância que tem, para ele, a escuta — alguns dos quais seriam incluídos em *A palavra falsa*.

## Um **novo** patamar

Robin foi um dos personagens mais intrigantes e discretos de uma Paris em plena turbulência, e sua vida e atividade acabaram atraindo, nos anos 1980, o interesse da academia. Elas foram objeto de polêmica ainda ao final do século passado, guardando até hoje muitos pontos obscuros, que o tempo decorrido só contribuiu para adensar.

Após sua morte, os escritos ficaram com seus amigos Claude Roland-Manuel, da Rádio e Televisão Francesas, e Georges Lambrichs, das edições Gallimard, que os resgataram da destruição; em seguida, passariam para o poeta Alain Bourdon, que publicou, entre outros textos, a primeira edição de *A palavra falsa*.

Quando, ao final dos anos 1980, a obra de Robin despertou a curiosidade da academia, foi pelas mãos de Françoise Morvan, crítica literária e autora, em 1989, de uma tese de doutorado até hoje inédita sobre o autor.[30]

Como costuma acontecer a personagens polêmicos, o entendimento da obra de Robin foi, até alguns anos atrás, objeto de disputa entre dois grupos: de um lado Alain Bourdon, detentor da obra e por ela responsável durante um longo período, acusado pelos opositores de ter dificultado o acesso a esse trabalho e criado uma falsa biografia de Robin; do outro lado a ala acadêmica, representada por Françoise Morvan, que estudou por mais de vinte anos a produção literária de Robin, suas traducões, a escuta e fez muitas críticas ao primeiro grupo, acusando-o de dourar a biografia de Robin e de fazer dele um "mito".[31]

Morvan foi a primeira a aprofundar estudos sobre Robin, sobretudo depois que os originais voltaram às mãos da Gallimard, 25 anos após a morte do autor.[32] Após muitos anos de escrutínio dessa obra, aponta "um trabalho que tinha sua grandeza, e que a devia também a uma perda consentida – perda in-

---

30 Id., "Armand Robin : bilans d'une recherche". Université de Lille III, 1990. A ela caberia escrever a introdução e um texto sobre a escuta na edição de *A palavra falsa* de 1979 pela editora Plein Chant. O presente volume retoma sua introdução de 1979, mas apresenta um texto novo sobre a escuta, e acrescenta algumas notas de rodapé. Até os anos 1990, Morvan publicaria outros textos, dentre eles inéditos de Robin.

31 Morvan endereçou duras críticas ao modo pelo qual Bourdon divulgou a obra de Robin, acusando-o de criar para o útimo uma "falsa" biografia. No presente volume, o leitor notará a diferença em relação à edição de 1979: as muitas notas de rodapé que Morvan acrescenta ao texto de Robin; a diferença entre seu entusiástico prefácio (o mesmo da edição de 1979) e o tom ácido do novo texto acrescentado ao final, no qual busca pôr termo ao que chamou de criação do "mito" Robin pelos depositários de sua obra. Vinte e três anos se passaram entre um texto e o outro...

32 Armand Robin, *Fragments*, op. cit., p. 19.

compreensível que nada tinha a ver com a formação de imagem romântica posta em cena pelos biógrafos"; para ela, a obra de Robin "(...) afluía de todas as partes, se enriquecia com os aportes da crítica, da tradução e se desenvolvia muito rapidamente; entre 1936 e 1942 via-se constituir uma obra crítica literária muito original, uma obra de tradutor que tornava Robin igual aos melhores tradutores de seu tempo, e os poemas, o romance que publicou então faziam dele um escritor que Maurice Blanchot considerava com tanto interesse quanto Sartre e Camus, dentre os escritores que começavam então a publicar".[33]

Morvan considera que o período 1936-42 é o da produção importante de Robin, e que seu fim marca o encerramento da obra. De fato, se privilegiarmos tal como ela a obra literária e autoral de Robin, ele pouco teria produzido após 1942. Mas, se levarmos em conta o projeto acalentado pelo poeta de esvaziar-se de si, de se livrar de sua poesia, de se fazer transparente para ser atravessado pelas vozes dos outros poetas e da propaganda, talvez Robin tenha conseguido efetivar, a partir do período que se encerraria em 1942, o projeto de libertação no qual tanto insistia, e a partir do qual poderia se dedicar à construção de uma obra poética livre do sujeito e do autor. Até mesmo a experiência traumática da solidão, o abandono dos amigos e a execração pública podem ter contribuído no sentido de que se cumprisse, finalmente, o seu tão desejado projeto de vacância.

Existe algo de muito peculiar na tarefa que Robin se impõe, uma vez dispensado do Ministério da Informação. O que ele assume ao dar prosseguimento à escuta pode ser considerado um compromisso, no sentido mais forte da palavra, o compro-

---

33 Ibid, p. 17.

misso de uma vida. Com certeza só alguém que se perdeu de si, que vive em vacância absoluta[34] pode "decretar o fim dos proprietários e dos credores que grassam na palavra" e se deixar assaltar pelo fluxo interminável das vozes da poesia e da propaganda. "Vazio", por meio dele fluem as vozes agora indistintas dele, que ora combaterá – caso da propaganda –, ora incorporará –, caso da poesia.

Talvez a partir desse momento, Robin tenha se tornado a "truta de prata", palavras pelas quais ele próprio se designou em um de seus poemas – o peixe cujo brilho o faz desaparecer, confundindo-se, em seu movimento, com os reflexos da água do rio.[35]

---

34  A noção de "vacância" é tão importante para Robin que merece um capítulo de *A palavra falsa*, no qual se refere aos dois sentidos da palavra em francês: férias e vazio. "Férias" – que joga com esses dois sentidos do termo – foi o primeiro dos textos de *A palavra falsa*, publicado na revista *Comœdia* de 12 de setembro de 1942, que viria a ser retomado nos *Écrits oubliés I*, pp. 162-166. Ali Robin dirá: "O que pode representar a palavra 'vacances' (...) se não um estado do ser no qual estaríamos 'vacantes', onde nada de nós nos habitaria, nos preencheria, onde seria o fim dos proprietários e dos credores que grassam na palavra? Todo pensamento subjetivo é erosão do ser, é cansaço; aliviado de si, assegurado contra as incursões do individual e do particular, vivendo no geral, no universal, o homem descobre em todos os seus atos um puro descanso; se ele se cansa, o absoluto logo o desempoeira; que importa então esse curto repouso fictício, que a cada ano as sociedades acidentais propõem derrisoriamente àqueles que elas despojaram para sempre de todo repouso real?".

35  Vida com todas as outras vidas
(Vida sem nenhuma vida)

Todas as outras vidas estão na minha vida,
Pelas nuvens nuvem presa,
Riacho de relva em relva surpreso,
Fugi de vida em vida,
Pressa nunca arrefecida.
Do tempo estarei à frente,
Far-me-ei flutuante, movente,
Serei uma truta de prata somente.

# O livro

Diferentemente dos boletins, que recorriam a uma liguagem jornalística direta e seca, *A palavra falsa* é um texto poético, escrito com fúria e indignação, que não atende a uma necessidade objetiva de informação — tarefa dos boletins. Ele constitui, antes, uma análise muito peculiar e uma condenação virulentas da propaganda política em nome da defesa incondicional da justeza da palavra, da linguagem e do espírito humanos, que Robin vê ameaçados de aniquilamento pela retórica da propaganda.

Escrito ao longo dos anos 1940 e 1950 e focalizando sobretudo a propaganda política na e da URSS para o resto do mundo, só em 1953 os vários textos que o compõem se tornariam um livro. *A palavra falsa* é uma das mais apaixonadas e apaixonantes obras já escritas contra a propaganda totalitária. Não só em virtude da força que a aciona em que as tonalidades políticas e literárias se reforçam e se relançam mutuamente, mas do compromisso (e da compaixão) de Robin em relação às vítimas (mundiais) dessa propaganda.

Poucos boletins sobreviveram à morte de Robin: apenas 330, todos posteriores a 1952. São onze anos de trabalho perdido, cujo conhecimento muito teria contribuído para o estudo dessa obra de tão grande alcance. Não se sabe se Robin fazia trabalho semelhante para o ministério da Informação, do qual nada sobreviveu, ou se o teria transformado quando assumiu sozinho a tarefa.

Armand Robin in Françoise Morvan, *Fragments*, op. cit., p. 111. Tradução de Maria Emília Chanut em "Armand Robin e a não tradução": Cadernos De Literatura Em Tradução, (6), 9-44. https://doi.org/10.11606/issn.2359-5388.i6p9-44.

Em todo caso é certo que, além de descartar notícias em francês e de divulgar apenas notícias que não se encontravam no noticiário corriqueiro, de fazer análises de situações precisas e de produzir relatórios detalhados sobre a situação política mundial, Robin adicionou a esse trabalho uma reflexão intensa a respeito de sua atividade – de cuja importância presente e futura, aliás, tinha perfeita consciência. Tanto assim que de 1947 a 1948 publicou trinta crônicas no jornal *Combat*, constituindo o que Dominique Radufe chamou de "etapa preparatória" para o livro.[36]

Tais crônicas refletem, de fato, a construção de um pensamento muito claro e coerente do poeta sobre sua tarefa. Para Radufe, as ideias desenvolvidas em *A palavra falsa* aparecem como "em filigrana" nessas crônicas, que constituem o único vestígio escrito da atividade de Robin à época. Em cada crônica Robin "leva o leitor a descobrir, por meio da atualidade, um aspecto particular das propagandas radiofônicas, permite-lhe compreender a retórica das rádios mundiais e, sobretudo, não privilegia nenhum dos campos que se confrontam nesse início da Guerra fria".[37]

O boletim se intitulava "A situação internacional segundo as rádios estrangeiras". Era apresentado em folhas soltas, em

---

[36] Dominique Radufe, *Expertise de la Fausse Parole*, op. cit., pp. 8-11. *Combat* foi um jornal clandestino criado durante a Segunda Guerra Mundial como órgão de imprensa do movimento de resistência. Funcionou de 1941 a 1974. Após a liberação ali colaboram grandes intelectuais como Sartre, André Malraux, Raymond Aron e Camus, e o jornal permanece um título forte na imprensa francesa. Durante a Guerra da Argélia nos anos 1960, nas mãos do franco-tunisiano Henri Smadja, acolheu vozes diversas tanto contra o colonialismo quanto contra a rebelião. Antigaullista, o jornal se firmou contra uma Argélia independente, seja comunista, seja muçulmana.

[37] Armand Robin, *Expertise de La fausse parole*, op. cit. p. 10

pequeno número: de três a seis páginas. Cheias de erros de datilogiafia, de correções apressadas, de palavras esquecidas ou suprimidas apenas pela cobertura com a letra x, elas revelam, além da pressa, o calor do afeto nelas inscrito. Com o crescimento do volume de trabalho, o boletim passou a ser produzido duas ou três vezes por semana.

Françoise Morvan vê um duplo objetivo no trabalho de escuta: a obtenção de informações inéditas, precisões ou simples interpretações que levassem a completar, ou ainda a compreender melhor as informações filtradas pelos governos totalitários; e o intuito de prever o acontecimento – sendo que, ao longo dos anos, esta última atividade acabaria por predominar sobre a primeira.[38]

Se o leitor quiser acompanhar o método de trabalho de Robin, que atente, por exemplo, para o boletim de nº 9, de 1955, na presente edição. Perante a reação das rádios internacionais diante da saída de Malenkov e a "retomada" da "linguagem stalinista" pelas rádios interiores russas, Robin mostra que esses textos tão temidos não constituem um "endurecimento", do qual todas as rádios internacionais falavam, mas, ao contrário, um *abrandamento*[39] do stalinismo. Por meio de oito pontos levantados nas escutas, ele demonstra que o "endurecimento" dessas rádios russas não se dirige contra os "imperialistas Americanos", mas contra... a China. Análise que introduz, já em 1955 e de modo muito preciso, o início da tensão URSS-China.

---

[38] Françoise Morvan, "Trabalho de escuta" in *La fausse parole*, Plein chant, 1979, p. 127

[39] Itálico de Robin.

No seu comentário do boletim nº 43, de junho de 1955, Morvan também mostra como Robin demonstra o fim do culto da personalidade, quando é só em fevereiro de 1956 que o Comitê Central do PCUS se elevaria contra essa prática "estranha ao espírito do marxismo-leninismo".[40]

Faz parte ainda do boletim nº 9 uma referência à "previsão" mais conhecida de Robin: a ascensão de Khrushchov ao poder. Provavelmente devido ao vulto do acontecimento, esse anúncio tem sido tomado como o maior exemplo da capacidade de Robin de antever os fatos; criticada por não ter a importância que costuma ser-lhe atribuída, o vulto da previsão já foi posto em questão até no posfácio de Morvan.[41] Se atentarmos para a apresentação da *Expertise de la fausse parole* de Dominique Radufe, veremos que o autor redimensiona em termos muito acertados esse conflito de opiniões, quando ressalta que "com um recuo de quarenta anos fica evidentemente fácil ironizar os erros, as aproximações ou os prognósticos frustrados (...)", explicando como "uma lei do jornalismo o desmentido das certezas de um dia".[42]

Nem parece necessário, no entanto, recorrer às fragilidades do jornalismo para entender os eventuais percalços dos prognósticos de Robin. Na sua crônica autocrítica intitulada justamente "A expertise da palavra falsa" ele próprio define, com acerto e modéstia, o que ficou conhecido como suas "previsões": "Tendo a significação das propagandas se tornado legível, revelando-se de certo modo quase pueril, até sem ser

---

40 Id., "Travail d'écoute", in *La fausse parole*, versão de 1979. Plein Champ, p. 141.

41 Segundo posfácio da autora, para a presente edição de 2000.

42 Dominique Radufe, *Expertise de la fausse parole*, op. cit., p. 10.

nenhum profeta é possível 'antecipar o futuro', pois este se encontra incluído no desejo ou na vontade de dominação, de cujas afirmações difundidas são tantos os signos".

As antecipações não seriam, portanto, para ele, obra de um "iluminado", mas fruto de uma análise minuciosa perante a lógica do próprio sistema de propaganda; Robin lhes conferia, inclusive, uma denominação muito precisa: "previsão à distância por dedução lógica". No caso da previsão sobre Khrushchov, por exemplo, a distância entre esta e o acontecimento, de fato, não é longa. Mas, se nos lembrarmos de que Robin "seguiu" o itinerário de Krushchov por longos anos antes de anunciar sua chegada futura ao poder, o dado mais importante talvez não seja a data em que faz sua previsão, mas o momento longínquo em que sua atenção foi despertada pelo nome Khrushchov (por que esse nome teria chamado sua atenção?) e o processo de "dedução lógica" que vai se seguir ao longo desse tempo, até o momento da "previsão".

## Mundo russo/não russo

Apesar de *A palavra falsa* trazer apenas os textos referentes à propaganda comunista do período stalinista, a escuta de Robin ultrapassou em muito esse âmbito, incluindo dezenas de rádios mundo afora (tabelas publicadas ao final do volume mostram esses dados). Em suas crônicas para o *Combat,* Robin abordou rádios do mundo capitalista – sendo a BBC e a Voz da América as mais conhecidas dentre elas; mas há também menções a diversas rádios, inclusive latino-americanas e brasileiras, sendo estas últimas particularmente sobre as posições de alguns países em relação ao Eixo.[43] Na verdade, as crônicas constituem uma precisa exposição das ideias e do método de trabalho de Robin, que se explicita já na primeira delas, intitulada "L'expertise de la fausse parole", de 18-19 de setembro de 1947,[44] a qual deve ser examinada mais de perto.

Diferentemente de *A palavra falsa*, que tem seu foco na propaganda stalinista, as crônicas de *Expertise* abrangem rádios de todo o mundo. Nas palavras de Radufe, as crônicas "apresentam (toda) a propaganda radiofônica como o reflexo de uma luta não entre um sistema socialista e um sistema capitalista, *mas entre dois sistemas que dizem respeito, ambos, ao capitalismo*, estando o mundo ocidental (...) ainda num estágio do 'pré-capitalismo' (...), e (sendo) a URSS um sistema capitalista acabado". Essa observação de fato procede, já que Robin define o "capitalismo acabado" como "o que assumiu pela pri-

---

43 Naquele que parece ser seu último boletim, nº 24, datado de 12-15 de março de 1961, ele comenta as mudanças de orientação política da Rádio Voz da América no governo Kennedy, observando o tom mais distante e frio que o de antes. Salienta que o novo director da rádio é chefe do Serviço de Informação do Departamento de Estado. Apesar da frieza do tom dos programas, destaca que a rádio passou a "in..istir por horas e horas" sobre a necessidade de um plano de ajuda à América Latina, visando especialmente o Brasil e o Chile: o objetivo seria "resgatar as finanças brasileiras, valorizar a personalidade de QUADROS, indicando que Kennedy deseja formar um tandem sobretudo com o presidente do Brasil". Os textos mencionam uma luta "contra a pobreza e a tirania" na América Latina. Armand Robin, *Écrits*, vol. I, op. cit., p. 394.

44 Id., *Expertise de la fausse parole*, op. cit., pp. 17-23. Grifo meu.

meira vez na história sua forma completa na União Soviética, disfarçando-se sob uma fraseologia extremamente hábil".[45]

Em que se baseavam as afirmações de Robin?

A resposta se encontra na mesma crônica, quando ele destaca que, na União Soviética, "uma classe muito limitada em número conseguiu concentrar ao máximo em suas mãos todos os valores materiais, e se organiza da melhor maneira para fazer com que os trabalhadores produzam cada vez mais e consumam sempre cada vez menos"[46] – observação que costuma ser feita sobre o sistema capitalista. De fato, Robin acreditava que a monopolização de toda a riqueza nas mãos de técnicos e "planificadores" da dominação, assim como o "confisco de todos os meios de vida em benefício de poucos", resumia no mais alto grau, as características do capitalismo ultracentralizado, que se alastraria pelo mundo não comunista também (setenta anos se passaram, e ninguém mais pode contestar essa afirmação de Robin). Para que esse processo de dominação se efetivasse, dizia ele, a propaganda devia desempenhar um papel fundamental; e foi por isso que se tornou inevitável o "aprisionamento" absoluto de todas as palavras dirigidas aos "escravos", para que aceitassem sua sorte.

Apesar de ver tantas afinidades entre o comunismo e o capitalismo, Robin distinguia nuances que diferenciavam os dois sistemas de propaganda. Na crônica "As rádios dos Estados Unidos ou as inexperiências do capitalismo", ele nota que o que espanta nessa comparação é o contraste entre "a precisão" dos russos e o caráter "vago" dos americanos. "Onde os técnicos soviéticos da 'possessão dos cérebros' estabeleceram com uma espantosa

---

45  Ibid., p. 12.

46  Ibid., p. 34.

minúcia a manobra materialista sobre milhões de espíritos, os dirigentes dos Estados Unidos ainda continuam a procurar, tateando, o 'ponto mental' sobre o qual apoiar sua propaganda."[47]

Robin acreditava que as rádios russas e não russas eram igualmente "mistificações". Mas fazia uma importante diferenciação entre os dois modos de proceder: enquanto nas primeiras o mistificador se mantinha acima e fora do processo de mistificação, nas segundas "o próprio mistificador era mistificado".[48] Segundo ele, as rádios não russas recorriam, implicitamente, à noção de "homem de boa vontade", e ali permanecia ainda uma sombra de sentimentos cristãos: mencionavam-se temas como "justiça", "direitos das pessoas", "liberdade de espírito" e chegava-se até, por menos que fosse, a "acreditar" nisso.

A consequência mais arguta que o poeta extrai dessa observação "é que o esforço para propagar essas noções morais era mais dispendido [...] *pela consciência daquele que as emite do que pela consciência daquele a quem a propaganda se destina*".[49] Isto significa que o envolvimento emocional e intelectual do público não russo era menos solicitado nessas rádios do que nas rádios russas, donde se pode concluir que o ouvinte das rádios não russas, por dispender menos de si perante a propaganda, se "impregnava" menos dela do que o próprio agente, que tinha que dar mais de si nesse processo. Enquanto existe um certo desgaste do agente nas rádios não russas, argumentava ele, nas rádios russas (até mais que nas outras) "se repetiam as mesmas noções, sem nelas acreditar nem um pouco". A conclusão a res-

---

47  Ibid., p. 32.

48  Ibid., p. 32.

49  Ibid., pp. 32-33. Grifo meu.

peito dessa diferença é decisiva para a compreensão do pensamento de Robin: nas rádios russas o "potencial mental" embutido nas entidades mentais que as conduziam "se descarrega" inteiro no espírito dos ouvintes, sendo portanto muito mais opressivo.[50] Vale dizer: cabe ao ouvinte das rádios russas em contato com a propaganda fazer todo o trabalho intelectual e emocional, engajando-se muito mais nesse processo do que o ouvinte das rádios não russas.

Na verdade, Robin sabe que se trata sempre de mentira; a fala difundida tanto por umas quanto pelas outras rádios é igualmente falsa, "ela é um verdadeiro 'cadáver'", nomeia ele, em consonância com a morte de todo um mundo; mas o propagador das rádios americanas (ou melhor, não russas) se esgota num último esforço para tirar de si mesmo o que confere à fala um pouco de existência e, ao fazê-lo, diminui sua consciência e perde um pouco o jogo". A não separação entre a idéia do "bom negócio" e da "boa ação" leva as rádios americanas a uma ambiguidade permanente, segundo Robin: para ele, do ponto de vista dessa confusão entre as noções morais e interesse econômico, do uso de noções cristãs com objetivo de aumentar a própria potência, as rádios não russas não conseguiam aproveitar nenhuma das vantagens dessa oscilação, perdendo por isso para as rádios russas.[51]

Além dessa análise sutil do espírito que conduz os dois processos de propaganda, a conclusão da crônica de Robin é extraordinária para a sua época: a distinção entre as palavras falsas, russa ou não russa, se deve ao fato de que, mesmo fora da Rús-

50 Ibid., p. 32.
51 Ibid., pp. 32-33.

sia, ainda nos encontraríamos no pré-capitalismo. Como a seu ver, neste último, a exploração do homem ainda não é efetivada com todo o rigor possível, as rádios ainda seriam a expressão de homens para quem a exploração de outros homens não deve ultrapassar certos limites, vagamente atribuídos por convenções morais, tradições, "o uso" ou o "bom tom". Essas mínimas diferenças seriam, entretanto, a seu ver, provisórias, pois para ele o "capitalismo brutal" haveria de triunfar, de um modo ou de outro, sobre o "capitalismo hesitante" ou "não planificado".

***

A leitura das crônicas nos tempos atuais deixa muito claro que Robin analisou todo esse processo numa direção correta. O que então ele chamou de "capitalismo brutal" não é mais o comunismo, e hoje atende pelo nome de neoliberalismo; ele venceu fronteiras, atravessou muros e se instalou em quase todo o mundo. Triunfou. E a propaganda política é a mola mestra desse "sucesso", passando da função já bastante conhecida de "enganar" para uma atuação muito mais sutil e radical: "agir".

Apesar do tempo que nos separa dessa análise, percebe-se que Robin entendeu, desde muito cedo, o sentido que a propaganda tomaria e que, nesse processo, até a noção de "verdade" seria substituída pela de "eficácia".[52] Numa conclusão que pode muito bem ser estedida ao momento presente, o poeta explica, ao falar sobre as rádios mundiais, que a função da propaganda não é mais "dar conta da situação mundial", *mas "agir" sobre ela*

---

52 Ibid., pp. 17-18.

*por meio de um conjunto de palavras bem calculadas para esta ou aquela fase bem definida, desta ou daquela ação a ser conduzida.*[53]

Essa reflexão de Robin, que vê um mesmo processo de dominação no mundo comunista e no mundo não comunista, permite dizer que ele não estava apenas descrevendo um modo de proceder que pode hoje ser estendido às redes sociais; ele estava também intuindo um outro acontecimento que adviria décadas depois – a globalização –, em que a atuação de todas as mídias na propaganda, inclusive daquelas que ele não chegou a conhecer, seria decisiva, se não determinante. Ao apontar essa extensão mundial da ação do rádio e ao definir o seu espírito e suas consequências –, a unificação dos seus métodos, a substituição da informação pela ação, a perda do sentido das palavras, a dominação sobre o espírito[54] –, Robin fornecia elementos cruciais para a compreensão de como atua ainda hoje tal dominação.

A esta dominação Robin atribuía uma função curiosa para

---

53 Em oposição a esse agir, a noção de "não agir" é central no pensamento de Robin e define mesmo seu entendimento do que é o anarquismo. Trata-se do contrário da indiferença, explica Dominique Radufe. "É o sinal da força da não-violência diante da opressão das grandes potências; mais ainda, é o meio de ouvir 'o povo dos rejeitados', o das vítimas (...)". Ibid. p. 13. Grifo meu.

54 Como não lembrar aqui da atuação das redes em eventos recentes, começando pela Cambridge Analytica, que na campanha do Brexit detectou o pequeno público que poderia definir o resultado do pleito, estudou seu comportamento, hábitos, desejos mais secretos, agindo virtualmente para atingi-lo diretamente com mensagens que orientaram seu voto? Ou, mais perto de nós, da campanha Bolsonaro, que agiu via WhatsApp e *fake news* sobre públicos específicos, sem definição clara de voto, de modo a definir sua escolha nos últimos dias das eleições? Em ambos os casos, os métodos foram idênticos: seja na Europa, seja nos EUA, seja no Brasil – três realidades inteiramente diferentes –, a mesma ação pôde obter sucesso, e até o mesmo agente foi compartilhado: ninguém mais ignora os feitos de Steve Bannon mundo afora. Aliás, sua clientela não para de crescer enquanto o neolibealismo avança, deixando atrás de si uma terra arrasada.

um processo racionalmente planejado: o enfeitiçamento dos povos. "(...) o rádio é o melhor meio, até o presente, para 'lançar um mau-olhado' sobre a humanidade para obter dela que aceite todos os dias se submeter a operações de enfeitiçamento. Ouvir as rádios em mais de vinte línguas estrangeiras leva irresistivelmente a pensar que nos encontramos diante de verdadeiras operações de magia negra, que têm por finalidade, no sentido forte do termo, 'possuir a humanidade'".[55]

Esse vocabulário mágico é invocado por Robin várias vezes em *A palavra falsa* para acentuar o poder que tem a propaganda de atingir regiões da mente do ouvinte que não estão ao alcance de seu próprio controle: "magia negra", "feitiço", "superstições" e "missa negra" são alguns dos termos usados insistentemente para mostrar quão profunda e intensa é a força manipuladora da propaganda radiofônica. Também numa das crônicas do *Expertise* constatamos que ele recorre à ideia da "possessão": ao comentar que os fatos "desapareceram" em benefício da "propaganda" — o que faz que a propaganda se torne, por sua vez, o fato —, ele faz uma interessante inversão da noção de possessão, dando uma medida do objetivo de sua obra: "Podemos até afirmar que a propaganda é o fato essencial de nossa época. Isto posto, a consequência é que se o 'ultrapassarmos', esse meio de 'possessão' pode ser por sua vez 'possuído'".[56]

---

55 Armand Robin, *Expertise de la fausse parole*, op. cit., p. 18.

56 Ibid., p. 17.

# O vazio, a fadiga e o "**nada**"

Evocados insistentemente em *A palavra falsa*, três tópicos são muito caros a Robin quando aborda a informação: são eles o "vazio", um "estado" da mente ao qual já nos referimos longamente; a fadiga, que também tem a função de contribuir para esse "estado" da mente; e o "nada", que aparece aqui com valor negativo.

O tema do nada — diferente do vazio — é fundamental à análise de Robin e por isso é posto em evidência numa das crônicas que publicou no *Combat*, justamente com o título "A expertise da palavra falsa". Numa curiosa inversão de termos, um dos intertítulos será "A propaganda torna-se às vezes a mais exata das informações".[57] Ao longo desse texto, ele fará uma **vertiginosa demonstração de que é justamente a nadificação da informação que permitirá o entendimento da propaganda.** Seu argumento: se a informação praticamente não existe mais na face do globo, se impera o nada, se os dados relativos aos acontecimentos essenciais, os problemas verdadeiros se tornaram um mero artifício — não mais para dar conta da situação mundial, mas para "agir" sobre ela —, será necessário um novo princípio para ouvir as rádios. Diante de um noticiário, com raras exceções, distorcido, do qual os fatos "desapareceram" em benefício da propaganda, "é a propaganda que se torna o fato", dirá ele, "o fato essencial de nossa época"; se entendermos isso,

---

57  Ibid., pp. 18 ss.

"esse meio de 'possessão' poderá, por sua vez, ser 'possuído'".[58]

Robin tinha um entendimento muito avançado da propaganda, incluindo, por um lado, a ação das diferentes forças econômicas e políticas sobre a sociedade e, por outro, os desejos que permeiam esta última. Em vez de se fundar apenas no aspecto econômico, ele destacava a importância preponderante da vontade de potência nos seus mecanismos. Por ser a propaganda "uma tradução clara dos desejos diversos, mas parecidos, que põem as comunidades humanas em confronto e em conflito", ela se torna, para Robin, "o fato" por excelência num contexto sem fatos, no qual há apenas o nada. É por isso que a propaganda tem, a seu ver, o poder de desvendar as forças sociais, escondidas ou camufladas, com capacidade para manipular esses desejos; e, portanto, estudá-la implica em se colocar fora dela para "revelar", no sentido quase religioso do termo, a realidade do mundo atual.[59]

Robin escolhe o exemplo do regime soviético porque, a seu ver, é o que leva mais longe as características do nosso: é aquele em que não há mais nenhuma informação. Talvez seja possível fazer o mesmo trabalho de "desencantamento" em relação à literatura e à imprensa, sugere ele; mas, em virtude de suas peculiaridades técnicas, o rádio é o melhor instrumento para tanto. As rádios soviéticas permitem, mais que as outras, conhecer "os desejos dos homens da dominação", as "táticas" que seguem para efetivar "sua realidade", "violando a História".[60] Elas vão

---

58  Ibid., p. 18.
59  Ibid., pp. 18-19.
60  Ibid., p. 19.

mais longe que as outras rádios mundiais, e atestam o acontecimento enorme de nosso tempo: "a supressão do homem concreto". Elas efetivam a fase da história humana em que a discriminação entre a palavra verdadeira (que nunca será dita) e a palavra falsa (que ocupará todo lugar) será apresentada ao homem sob sua forma mais perfeita.

Uma das figuras centrais em *A palavra falsa*, a fadiga ainda não foi até hoje contemplada com a atenção que merece. Se atentarmos para o que Robin considerava uma das exigências do seu trabalho – a busca de um estado de "não eu" –, chegaremos a uma compreensão muito clara do seu apreço pela fadiga. Em primeiro lugar, ela não deve ser tomada – como fizeram muitos críticos – como um autossacrifício, uma imolação do ouvinte no altar da verdade. Tampouco deve ser desacreditada, vista como um "exagero" medido em horas, como preferiram outros. Ao contrário, a fadiga é uma das condições de realização da escuta, pois o que é ela senão uma outra modalidade de entorpecimento do "eu", um estado por meio do qual se consegue impedir a interferência da subjetividade para propiciar a limpidez da escuta?

Enquanto uma das condições que favoreceriam o "apagamento do eu", a fadiga é "droga que faz esquecer o tempo e espaço",[61] escreveu Robin, e sua ajuda é insistentemente clamada para chegar ao estado de vacância, para liberar-se dos resquícios do eu que podem perturbar a atenção. O malefício da subjetividade foi primeiramente evocado por ele na crônica "Vacances", texto de 1942, que mais tarde integraria *A palavra falsa*:[62] "Os

---

61 Id., *Écrits oubliés*, op. cit., p. 165.

62 Publicado na revista *Comœdia* em 12 set. 1942 e retomado por Morvan em

sábios da China antiga descobriram a necessidade de manter todos os homens e povos em estado de ausência, de preservá-los das destruições da subjetividade".[63] O termo merece diversas referências em *A palavra falsa*: "fadiga, minha esposa"; "deixei de dormir". Enfim, são muitos os momentos em que Robin se refere ao estado em que trabalhava, e que lhe permitia desinvestir o eu para chegar ao que se escondia por trás da informação do rádio.

## A **matança** do verbo

Dois pontos interessam mais de perto de tudo o que foi dito sobre Robin.

O primeiro deles: seu diagnóstico da similaridade entre os dois sistemas de propaganda, o russo e o não russo, apontado após o entendimento de que ambos não diferem nos objetivos, nas técnicas, nos processos. Esta conclusão, desafiadora para o seu tempo, permitirá entender um fenômeno então no seus primórdios – a homogeneização do público – que seria intensamente acelerado desde que irrompeu o processo da globalização. Na verdade, essa homogeneização tem sua origem antes do desencadear da globalização, a partir do surgimento da chamada "indústria cultural", descrita por Adorno e Horkheimer na década de 1940 – a mesma em que Robin começou a estudar

*Écrits oubliés I*, op. cit., pp. 162-166.
63  Armand Robin, *Écrits oubliés I*, op. cit., p. 163.

a propaganda política.⁶⁴ Dotada de poder para ganhar mentes e espíritos, ela assume novos contornos e adquire, com a globalização, novos poderes – preparando um campo fértil para o sucesso da era digital.

Robin foi capaz de perceber muito cedo – antes mesmo que o termo global fosse sequer vislumbrado – que a atuação do rádio antecipava esse fenômeno em virtude de seu caráter instantâneo e de sua capacidade de atingir, ao mesmo tempo e em lugares diferentes, milhões e milhões de ouvintes.

O que Robin de certo modo antecipou não foi apenas a homogeneização dos métodos da propaganda política e do sistema de comunicação, que viriam a potencializar incomensuravelmente o processo de dominação sobre o público na nova era. Além dessa percepção em si já admirável, seu próprio método de trabalho já consistia, na verdade, em atuar como se faz hoje no mundo virtual: sozinho no seu "terminal" ele captava os dados, os tratava e elaborava uma crítica radical do funcionamento de todo o sistema, dirigirindo o resultado (os boletins) para um público muito específico, com capacidade para potencializar as conclusões de seu trabalho.

O segundo ponto diz respeito ao que Robin nomeou a "matança do verbo": a corrosão do sentido das palavras, destituídas de seu lastro ao serem usadas pela propaganda sem correspondência com a realidade. A crítica radical que Robin faz à propaganda não se concentra, como se costuma analisar, nas noções

---

64 Robin pode não ter sido um leitor desta obra, mas pode ter tido algum contato com as ideias dos dois autores por ter frequentado o meio cultural e intelectual, sobretudo de esquerda, da sua época.

de mentira e alienação – que ele, evidentemente não deixa de considerar. O que a propaganda destrói e mata, segundo ele, é justamente a possibilidade de que exista algo a ser dito em que se possa acreditar – ou seja, a correspondência entre a palavra e o que ela designa. Por isso, sua análise da atuação da propaganda sobre a mente humana o leva a recuar para um nível anterior ao da mentira e da alienação, para chegar ao seu mais cruel efeito: a destruição da própria possibilidade de sentido.

A visão de Robin sobre a mentira está resumida no comentário ao noticiário de 1945-46, quando a colheita da Ucrânia foi muito ruim, enquanto exatamente naquele momento, de grande fome, as rádios russas para o interior celebravam o sucesso das colheitas na região. Essa mentira que não visa passar por verdade (pois ninguém em sã consciência pode nela acreditar), pretende fazer com que "tudo se passa como se a realidade não devesse existir ou, pelo menos, como se o verdadeiro objetivo buscado fosse corrigir a humanidade de sua indesejável propensão para constatar que o que existe, existe".[65] É por isso que Robin toma a mentira como algo muito simples, até "saudável", em comparação ao projeto de destruição do sentido das palavras. Tanto a mentira quanto a alienação gestadas pela propaganda tornam evidente, segundo ele, um processo perverso: enquanto o mentiroso deseja que se acredite na sua mentira, os relatos das rádios russas *"são escolhidos exatamente na medida em que se sabe que não se acreditará neles"*.[66]

A noção de alienação que emerge desse mesmo intuito per-

---

[65] Ver, neste volume, p. 137.

[66] Ver, neste volume, p. 138. Adaptado.

verso é diferente daquela nossa velha e conhecida interpretação. Com efeito, os ouvintes russos sabem perfeitamente que essas descrições são falsas, elas não correspondem a nada do que eles estão vivendo no seu dia a dia; por isto eles têm a impressão "de serem "rejeitados" da realidade – de serem, de certo modo, "alienados". A alienação, então, é o resultado de um projeto que não pretende induzir ao erro, "enganar" – como no sentido mais corriqueiro da palavra –, mas fazer com que o ouvinte se sinta "fora" da realidade que é a todos imposta, da qual ele sabe, entretanto, que nem ele nem ninguém fazem parte. Ninguém está sendo "enganado" quanto aos fatos, que podem ser constatados, mas todos estão sendo "excluídos" do mundo à sua volta, sólido mundo constituído apenas pelas palavras dominantes; todos sabem que estão sendo "vítimas" de uma força descomunal que os ultrapassa, que pode criar apenas com palavras um plano de realidade no qual a expressão das vítimas, suas palavras serão "despotencializadas" e perderão a capacidade de "produzir sentido".

\*\*\*

Num pungente texto de 1937, publicado na revista *Esprit*,[67] Robin nos dá a medida da perda humana que acompanha o que ele chama de "matança do Verbo". "Não é por falta de explicação que nada não significa mais nada. Nunca houve tanto sentido no universo quanto no nosso tempo, argumenta ele;

---

67 Retomado em *Écrits oubliés I*, op. cit., pp. 57 ss.

mas esse último parece tê-lo estragado 'de propósito'". Robin menciona a existência de uma espécie de "jogo" por meio de palavras tais como: paz, revolução, capitalismo, juventude... com uma só regra: "matar aqueles que não tomam essas palavras no mesmo sentido que você".

Num texto de tom belicoso, Robin se pergunta como decidir quanto ao uso das palavras, se elas já foram assassinadas. "Pois, como decidir? Por mais que o examinemos detidamente, nenhum termo tem substância fixa; nosso dicionário é um dicionário de palavras renegadas; definir é quase decidir, mas como definir aquilo que traiu qualquer significação? Assim, é preciso matar".[68] Trata-se, com efeito, de uma questão de vida ou morte: se todos têm que tomar as palavras no mesmo sentido, trata-se de matar o espírito ao matar o sentido das palavras — eis a equivalência que faz com que, no fim das contas, nada signifique mais nada.

O que representa, para o espírito humano, a anulação do sentido que a propaganda totalitária acarreta? Esta é a questão central colocada por Robin em *A palavra falsa*, e ela se funda no seu modo de ver como se "constitui" a palavra. "As palavras só existem na medida em que nossa carne e nossa alma passaram pela prova que assegura o valor que nós lhes atribuímos. (...). É a única coisa que conta quando pronunciamos uma palavra: a parte de sacrifícios pessoais que ela representa em nós; donde a fraqueza de qualquer propaganda: ninguém consegue persuadir porque ninguém se importa com as relações que convém estabelecer entre o verbo e o so-

---

68 Ibid.

frimento. Que dez homens tenham renunciado de fato à sua herança fará mais mal a esta instituição que todos os mais inatacáveis pensamentos dos que optam por aproveitar dos bens que eles denunciam; a propaganda não tendo mais efeito, tendo as palavras mais essenciais perdido toda a sua força de persuasão, é preciso então matar. A ilusão seria, no entanto, imaginar que essas palavras podem desaparecer porque não correspondem mais a nenhum conteúdo efetivo; ao contrário, elas podem então servir a qualquer uso e, por consequência, a tudo esconder. A palavra liberdade não significa nada? Então somos livres, proclama o ditador enquanto enche as prisões. A expressão 'dignidade humana' não significa nada? Tanto melhor, podemos envilecer em nome da dignidade humana. Ainda não chegamos a um acordo sobre o número de 'bandidos' a serem presos, nem sobre o modo de envilecer: quem poderia decidir isto? Ninguém. Então é preciso matar".[69]

O desdobramento desse raciocínio nos toca muito de perto nesse tempo em que a manipulação parece ter atingido sua extrema perversidade em torno do mundo e em que a matança nem mesmo é apenas do verbo. O modo pelo qual Robin dá continuidade ao seu entendimento da matança do verbo apresenta, por incrível que pareça, muitas semelhanças com o que vivemos no momento atual em nosso país.

Vejamos, por exemplo, como o morticínio que atinge palavras tais como "patriota", "homem de bem", "soberania" leva a um tipo de raciocínio absurdo. Se tomarmos o caso da Amazô-

---

[69] Armand Robin. *Écrits oubliés I*, op. cit., pp 57-58. O sofrimento ao qual Robin se refere com certeza não é individual, mas coletivo, e tem seu fundo histórico em conflitos, violências, sofrimentos que tanto podem emergir na superfície da língua quanto serem silenciados, deixando assim mesmo, nesse silêncio, seu rastro de dor.

nia, por exemplo, é justamente em nome da expressão "soberania nacional" que se tomam decisões de expor as riquezas ali resguardadas à exploração selvagem e à cobiça internacional – decisões, portanto, nada patrióticas –, que por sua vez implicam no genocídio dos povos indígenas (os únicos defensores das florestas); decisões às quais aquiescem por sua vez os chamados "homens de bem". É fato que essas três palavras vêm sendo esgrimidas há tempo nas redes como se fossem verdadeiras armas, numa guerra de sentidos que faz vítimas não só "matadas", mas anuladas ou destruídas simbolicamente.

E não param aí as consequências dessas mortes que Robin aponta: já que essas palavras não correspondem mais a nenhum conteúdo efetivo, já que podem servir a qualquer uso, e tudo velar; e se o que somos, o que em nós palpita, é o que assegura a existência delas, não é possível atacar o sentido das palavras sem, ao mesmo tempo, nos atacar. A dolorosa conclusão de Robin sobre esse processo de morte do sentido não é que as palavras possam desaparecer ao deixarem de corresponder a qualquer conteúdo. Ela é ainda mais grave: já que as palavras foram desprovidas de seu "lastro" – a experiência humana –, *elas passam a poder servir para dizer qualquer coisa e, portanto, para velar os sentidos*. Novamente ele toma alguns exemplos de palavras deslastreadas pelo desgaste produzido pela propaganda que nos convêm perfeitamente: "liberdade", "dignidade humana" e "bandidos", para mostrar as consequências imensas desse "velamento".

Não é exagerado dizer que, no nosso país, ensaia-se uma "guerra" contra todos os que não aceitam o pensamento único, guerra cujo objetivo principal é domar as mentes: que o digam as minorias, os artistas, os trabalhadores, os pobres, os justos, os inocentes. Não se trata "apenas" de uma guerra de tanques nas ruelas, de helicópteros atirando contra as favelas, de assassinatos no campo, de crimes contra índios, tran, gays, mulheres ou líderes comunitários: faz parte dessa disputa – ou, melhor dizendo, é o seu contraponto no campo simbólico – uma "guerra" na linguagem, guerra contra as palavras, contra aquelas que "correspondam" à realidade, como disse Robin; uma guerra com tal poder de destruição a ponto de as palavras definharem, tanto em número quanto em sentido. Uma guerra contra a expressão.

A ressonância que pode ser encontrada entre as palavras selecionadas por Robin – liberdade, dignidade humana, bandidos – e nossa situação atual é estarrecedora. Vejamos o que ele escreve:

"Se a palavra 'liberdade' não significa mais nada, poderá dizer o ditador de serviço, somos todos livres; por consequência, todos podem ser presos por qualquer razão".[70] Não é esta uma situação totalmente familiar a nós, brasileiros? Não é ela vivida, por exemplo, no cotidiano da população urbana, jovem e negra do país?

Do mesmo modo, não é porque o termo "dignidade humana" não corresponde a mais nada que chegamos ao ponto de tratar nossas minorias como uma "ameaça"? Não é justamente em nome dessa dignidade que é permitido agredi-las por meio de palavras e gestos, "atirar na cabecinha", matá-las nos becos e ruelas?

E quem dentre nós ainda não ouviu a expressão "bandido bom é bandido morto"? Sendo que quem decide a qual ser humano deve ser conferida a qualidade de "bandido" são justa-

---

70  Ibid., p. 58.

mente os "homens de bem"? Os quais, por sua vez, são defensores do armamento da população, da tortura, do estupro?

As palavras devem ser ressecadas até ficarem imprestáveis; até se tornarem tão rasas que só exprimam o que foi previamente determinado. A linguagem parece ter se tornado um labirinto que nos desorienta, tamanha é a perversidade do processo de perda de sentido no qual ela nos enreda.

É preciso matar, e nem sempre esta será uma morte física. O que tem sido feito em relação à palavra "gênero", por exemplo, não pode ser chamado de "guerra", que elimina todo um campo de experiências humanas e anula o exercício da própria vida? Não tem sido esta palavra objeto de combate oficial, levado a cabo pelo governo, por ministérios, por líderes políticos e religiosos? Tanto é verdade que a palavra foi até banida da legislação brasileira.

No ano de 2019 o Brasil lançou um "Novo Dicionário do Itamaraty", abandonando palavras usadas pela diplomacia por décadas e introduzindo novos termos que resgatam formulações de um passado remoto. Este novo léxico traduz uma visão de mundo muito particular ao chanceler Ernesto Araújo, aos discípulos de Olavo de Carvalho e aos grupos evangélicos mais conservadores. Foram retirados de textos do ministério das Relações Exteriores, além da palavra gênero, outros termos de consenso ao longo dos últimos 25 anos, para adotar uma visão conservadora com base em religião. A expressão "direitos sexuais reprodutivos", por exemplo, foi eliminada. A palavra "gênero" foi substituída por "igualdade entre homens e mulheres" ou "igualdade de sexo"; a expressão "violência com base em gênero" foi substituída por "violência com base em sexo". O dicionário do Itamaraty também sugere evitar a palavra "global" em textos oficiais, substituindo-a por "sistema internacional"; e evitar "sistema internacional", usando "sistema de nações" ou "estados membros". O termo "cooperação sul-sul" foi substituído por "cooperação entre nações" e por aí vai.

O encolhimento do vocabulário, o empobrecimento do repertório, a grosseria e a vulgaridade da expressão patentes nos *tweets* do presidente da República podem ser fruto de uma limitação pessoal. Mas essa indigência que se espalha cada vez mais pelo país não pode ser desprezada como mero "fenômeno de linguagem". Pois é justamente esse "fenômeno de linguagem" que constitui um dos fenômenos políticos próprios desse nosso tempo: tal rebaixamento da expressão se alastra por todos os falantes, que tanto podem ser levados a repetir as mesmas palavras quanto se ver na condição de ter de combatê-las... mas sempre por meio de palavras – sejam elas as mesmas, sejam... Onde e como buscar palavras nesse horizonte de sentido tão rarefeito?

Hoje parece existir, em nossa sociedade, uma intuitiva e difusa percepção desse fenômeno de "desgaste" dos sentidos, assim como da centralidade das palavras no confronto político vigente. Faz algum tempo que, na internet, as palavras começaram a ser escritas de modo gramaticalmente incorreto, propositalmente incorreto, seja para ironizar o mau uso da língua por aqueles que estão no poder, seja para atestar a perda de valor das palavras no ambiente de derrocada institucional, onde a própria mentira foi institucionalizada. Quantas versões já vimos do "Tá okay?" que o presidente gosta tanto de repetir? "Talquei", "taokei", "talkei"...

Também a palavra "justiça" tem exibido, no seu próprio corpo, os efeitos de uma degradação do poder judiciário que se torna cada vez mais perceptível; ela foi esvaziada de sentido, deslastreada, a ponto de ser atingida até em sua grafia. O termo "jutissa", ou ainda "justissssa", sempre com minúsculas, faz parte de um vocabulário que circula há tempos na internet, refletindo o menosprezo popular tanto pelo sentido da palavra quanto pela atuação das instituições em seu nome.

A palavra Brasil é também objeto de alterações que indicam uma visão específica do país: brasil com minúscula; Brazil; Bra$il; BraZil ... Também a sigla STF tornou-se "stf" com minúsculas; ou "stfede"; ou ainda " stfinho"; ou, melhor ainda, "Çupremo"... Estas são algumas dentre muitas fórmulas que a intuição política acaba encontrando para exprimir seu menosprezo por um valor dito "universal", ou por uma instituição que se curva aos poderosos, aos conchavos, que se degrada.

Outro aspecto dessa espécie "rebelião" por meio do léxico é a exposição de erros gramaticais, de fonação: assim, a dificuldade do juiz Sérgio Moro para pronunciar a palavra "cônjuge" deu lugar a grafias como "conge", "conje/conja" ganharam as redes e assinalavam a crítica de quem as escrevia. Também as associações de palavras propõem novas noções de entendimento rápido: globogolpe, globosta, familícia, sujomoro...

Numa outra modalidade de confronto difuso por meio do mau trato das palavras está a variadíssima maneira de grafar o nome do Presidente, procurando formas e sonoridades que exprimam, em geral com humor, a visão negativa que se tem de tal figura: "presidente" com minúscula é a primeira e a mais inocente; "bozo", a mais popular; mas há variantes como "bozzo", "bozó", "bhozho", "bozonazzi", "bolso nazzi", "bolso asno", "bostanaro", "bosto-nazzi", "beócio-naro", "boçal-nato", "bósta-nato", "bozo-nero"... Enfim, a imaginação não tem limites para nomear o que, aos olhos da população, parece desprezível, perigoso, ameaçador, maléfico, aquilo que, de tão abjeto, não merece nem nome próprio; resumindo, "o coiso".

Foi nesse sentido que um colunista de jornal, ao constatar o desgaste de adjetivos como "asqueroso", "grotesco", invocados perante as desastrosas declarações do presidente, pediu aos seus amigos para inventarem palavras novas, adjetivos que pudessem qualificar o que os existentes não pareciam mais dar conta de fazer. A colheita foi abundante, e trouxe uma variedade de novos termos: mórtigo, xonho, viborongo, górgulo, nucuz, morxado, suga-sebo, borramínguas... e por aí vai![71]

Essa intervenção linguística que não é nem a do poeta nem a do gramático — como escreve Robin no início do seu livro —, é uma espécie de rebelião gramatical e gráfica intuitiva, como um desvio de uma agressão contida, que pode brotar em qualquer hora e lugar. No caso do nome do presidente, pelo menos, ela parece pôr em cena duas estratégias complementares: diluir a grafia desse nome em $n$ variantes, de modo que ele como que "desapareça" do vocabulário tal como existiu e se esfacele em inúmeras formas, passando de nome próprio a adjetivo substituível ao infinito;[72] afirmar ao mesmo tempo, nessas múltiplas formas, o sentido negativo, perigoso, ameaçador da palavra, procurando sonoridades que a asssociem a noções maléficas.

---

71 <https:www1.folha.uol.com.br/colunas/sergio-rodrigues/2019/08/quero-uma-palavra-nova.shtml>

72 Numa de suas recentes crônicas, o escritor Luís Fernando Veríssimo vaticinava que o nome Bolsonaro acabaria se tornando um adjetivo.

## A tecnocracia

Robin viveu tempo suficiente para assistir ao desaparecimento do que chamou de propaganda totalitária, que tem início após a morte de Stálin. O que se passa então torna-se muito esclarecedor para entender os dias atuais.

Quando se inicia a distensão, acredita ele, a propaganda totalitária perde sua razão de ser, entra numa espécie de *osmose* com seu adversário, enquanto o tom do campo capitalista também amaina a sua agressividade. É nesse momento que ele introduz uma fascinante e precursora discussão sobre o deslocamento do poder dos "governos políticos" para o das "novas técnicas". Ao introduzir a questão da tecno-ciência e sobretudo ao tratá-la de um ponto de vista político, essa constatação extremamente avançada para o seu tempo está concentrada nos **quatro capítulos da "Ultraescuta 1955", ao final de** *A palavra falsa*. Se atentarmos para a análise certeira que a sustenta, ela poderia ser tomada como uma das "antevisões" que tem Robin de um futuro que se transformou em nosso presente.

A tese de Robin é que nenhum governo renuncia ao poder nem deseja, tampouco, que ele se enfraqueça. Ora, como é da própria natureza dos governos trabalhar pela sua potência e pelo aumento da própria noção de potência, se os dois maiores governos do planeta renunciam ao que constituía sua principal razão de viver (o anticomunismo para um, o anticapitalismo para o outro), isto não pode se dar em nome do ideal do Não Poder, tão defendido pelo seu sonho anarquista. Assim ele escreve em caixa alta sobre esses dois governos: "ELES SÓ PODEM RENEGAR SUA CONCEPÇÃO DO PODER EM FAVOR DE UMA

CONCEPÇÃO DA POTÊNCIA POR ELES CONSIDERADA MAIS APTA A SALVAR O ÍDOLO. [...] SE OS GOVERNOS AMERICANO E RUSSO NO SEU MAIS ALTO ESCALÃO VIRARAM AS COSTAS À GUERRA ATÔMICA E TERMO-NUCLEAR, FOI SIMPLESMENTE PORQUE FORAM TOMADOS PELO TEMOR POR SI MESMOS E PELA PRÓPRIA NOÇÃO DE PODER: NUMA GUERRA DESSAS NÃO HAVERIA MEIOS DE MANTER GOVERNO". Robin acredita que é para preservar a própria noção de Poder que eles preferem perder para os técnicos da energia atômica, termonuclear e outras fontes de energia; mas considera também outra alternativa: a de que esses chefes supremos "tenham obscuramente percebido que, nos últimos anos, os senhores das novas técnicas se apoderaram clandestinamente do verdadeiro poder".[73]

Essa última hipótese levantada por Robin dá continuidade ao entendimento da propaganda totalitária desenvolvido ao longo de *A palavra falsa* como feito de "psico-técnicos" (é o termo que ele gosta de usar): são os "matemáticos quantitativos", aqueles que usam o conhecimento da mente humana, com a ajuda de cálculos e de "robôs" (sim, ele usa o termo *robôs mentais*) para o controle em massa dos espíritos. E, agora, mais um termo novo aparecerá em sua análise, deslocando do seu lugar o mundo mágico que ele gostava de mencionar: são os "tecnocratas", uma casta que se assenhorará do poder anteriormente nas mãos dos governos ditos "políticos" que, por sua vez ultrapassados pelas circunstâncias, se tornam sobreviventes de uma era primitiva, como se passassem a ser, por sua vez, "susperstições".

Robin já introduzira os termos "magia" e "feitiço", referindo-se a uma espécie de retomada (no sentido negativo) pela

---

[73] Armand Robin, *Écrits oubliés I*, op.cit.. p. 305.

propaganda de capacidades que só existiram no mundo primitivo. Nessa etapa de desgaste dos governos ditos políticos a partir da distensão, ele retoma esse vocabulário para qualificar os governos que, reconhecendo seu enfraquecimento e sobrevivendo como superstições, decidem de comum acordo "passar o comando àqueles que Pawlowski, na sua 'viagem ao país da quarta dimensão', chamou de 'Sábios absolutos'"[74].

Podemos considerar que esta mudança de mãos e de essência da atuação do poder por meio da propaganda — da magia para a tecnologia — naquele início da Guerra Fria torna-se igualmente evidente na atualidade: por exemplo, nas últimas eleições ocorridas no mundo ocidental. Neste campo, a tecnociência intensificou de modo tal o seu poder que a decisão política do eleitor deixou de ser tomada por ele mesmo, apesar de parecer sê-lo. "Sábios absolutos", os tecnocratas passaram a poder identificar seus desejos mais íntimos, a manipulá-los, a orientá-los num ou noutro sentido, sem que eles sequer percebessem que não escolheram, mas que "foram escolhidos".

Hoje é possível encontrar esses "sábios absolutos" a que Robin se referia no topo dos processos políticos dos regimes em ascensão, controlados pela extrema-direita na Europa e também no Brasil. Eles são o que o cientista político franco-italiano Giuliano da Empoli chamou de *engenheiros do caos*. Em seu livro *Engenheiros do Caos: Como as fake news, as teorias da conspiração e os algoritmos estão sendo utilizados para disseminar o ódio, medo e influenciar eleições*,[75] o autor mostra como a lógica do engajamento nas redes se sobrepôs à do engajamen-

---

74 Armand Robin, *A palavra falsa*, op. cit. p. 53.

75 Giuliano da Empoli, *Engenheiros do Caos*. Enigma, 2019.

to tradicional. Utilizando como motor o susto, o medo, o escândalo e a superexcitação permanentes – independentemente da verdade do conteúdo que circula –, a lógica das grandes plataformas da internet (Google, Facebook, Youtube), ao demandar da política a mesma resposta satisfatória, imediata e narcisista que tais aplicativos propiciam, substituiu o conhecido tempo longo do engajamento. Para enredar o público nessa outra modalidade de participação, os engenheiros do caos analisam em detalhe opiniões e preferências dos apoiadores, sem qualquer obrigação de lhes oferecer conteúdos coerentes.

Da Empoli também acredita que a linguagem é a vítima central dessa operação, já que não importa a coerência entre o que será dito hoje e amanhã; assim também não importam as contradições entre o que é dito a um grupo de apoiadores ou a outro grupo: o objetivo é obter o máximo de engajamento na rede, por meio do máximo de excitação.

Se nos lembrarmos que Robin recorria ao termo "enfeitiçamento" para falar da ação da propaganda política sobre os ouvintes do rádio, a análise de Da Empoli nos sugere, por sua vez, que a "excitação" provocada pela ação das plataformas desempenha hoje uma função análoga à da "magia", que Robin identificava na atuação das rádios. Todos os dias uma novidade, não importa se verdadeira ou falsa, nos chega pelos diferentes aplicativos: "azul e rosa", "balbúrdia", "a terra é plana", "as ONGs queimam a floresta", "os negros são obesos de tanta preguiça", "os índios querem o progresso", "Deus só fez o homem e a mulher": a lista é infinita e alimenta, por um só dia, talvez algumas horas, a avidez angustiada pela excitação permanente do público.

Um dos pontos que Da Empoli destaca nesse processo – e que nos diz respeito de muito perto – é que a utilização das *fakes news* e de provocações feita por esses governos de extrema-direita não visa apenas fixar a própria agenda. Mesmo quando sentimos a necessidade de corrigir esta violação dos fatos e da verdade, mesmo quando nos indignamos, mesmo quando não suportamos mais a grosseria da manipulação, somos obrigados a falar daquilo que esses governos querem que nós falemos. Por isso, afirma Da Empoli, eles fixam também a "nossa" agenda.

\*\*\*

Em seu primeiro livro, *Faux pas*, de 1943, o crítico francês Maurice Blanchot colocou o também primeiro romance de Robin, *Le temps qu'il fait*, ao lado obras de escritores como Mallarmé e Proust, Balzac e Melville, Ernst Jünger e Claudel, Gide e Goethe. Ao chamar o livro de "grande poema" no qual "a prosa busca o verso e o verso se cumpre sempre dentro das convenções de uma prosódia bastante estrita", Blanchot chamava a atenção do leitor para uma "aliança constante", no livro, entre formas diversas de expressão. "Poemas, que só obedecem às suas próprias leis, surgem em quase todas as páginas, e até dentre as redes cuja trama é constituída pela linguagem ordinária, surpreende-se o estremecer de um ritmo, o apelo de uma cadência que pede em vão para ser liberada".[76]

*A palavra falsa* também pode ser considerado, assim como fez Blanchot com *Le temps qu'il fait*, um "grande poema". Mesmo levando em conta a vocação crítica do livro e o seu pensamento político complexo, o leitor pode sentir claramente ora na virada de um parágrafo, ora ao longo de uma página, e até mes-

---

76  Maurice Blanchot, *Faux pas*. Paris: Gallimard, 1943, pp. 232-236.

mo na defesa de um argumento, o "estremecer" do ritmo e da cadência que Blanchot já percebia no primeiro romance de Robin.

Se o crítico já destacava naquele primeiro romance o perfeito acordo entre a ficção e o mito, entre a realidade e o canto, entre o que há de irreal na ficção e de imediatamente retomável no mito, em *A palavra falsa* testemunhamos uma afinidade semelhante entre crítica e canto que, em completo equilíbrio, nos levam a "ouvir" no soar das palavras, o apelo ao qual nossa emoção e nosso entendimento não podem deixar de aderir.

Fevereiro de 2020

# A PALAVRA FALSA

Armand Robin

Para Jean Pointis

# A PALAVRA FALSA

Armand Robin

Para Jean Pointis

O leão colocou seu albornoz
para secar no riacho

O surpreendente conjunto de palavras: "O leão colocou seu albornoz para secar no riacho",[1] encontrado numa coletânea do tempo em que eu estudava árabe literário, me espantou, mas logo me pareceu razoável quando percebi que o objetivo era apenas o de fazer aplicar, sobre um pequeno número de palavras bem apropriadas, certas fórmulas dessa álgebra que é a língua árabe. (Depois perguntei-me: por que os leões não fariam o que bem entendem, e que nos parece absurdo?)

Do mesmo modo, no momento em que me veio a fome de estudar uma nova língua para poder ler, no texto original, os poemas épicos antropofágicos, parece-me excelente que o pastor Vernier, autor de uma gramática taitiana de cinquenta e sete páginas, proponha de imediato exemplos como: "Gosto de mexilhões, mas não de gagueira". Assim posso ter certeza de que meu homem é sério: ele está pensando apenas na gramática.

Ao que tudo indica, não é nada disso que acontece nessa linguagem espantosa que os políticos falam com tanta naturalidade. Geralmente critica-se David Rousset por escrever frases do gênero "O leão colocou seu albornoz para secar no riacho". Chega! Ele não merece de modo algum esta censura elogiosa.

---

1 O albornoz é uma vestimenta com capuz típica dos berberes e de alguns povos norte-africanos. [N.E.]

Acho de um preciosismo extremo esse "arrivismo do mau estilo" que os políticos desfraldam com inquestionável maestria; mas se eu tivesse algo a censurar em David Rousset, não seria com certeza o leão, o albornoz e o riacho, mas muito mais o fato de que, tendo sempre me tratado por "*tu*" durante todo o período da ocupação alemã em que quis considerá-lo honesto, passou de repente a tratar-me por "*vous*", a partir do momento em que teve certeza de agarrar e manter com firmeza esse fantasma dos fantasmas, que no jargão chamamos "sucesso"; fazendo questão de me expulsar de seu "*tu*" e atribuindo seriamente um significado não gramatical a essa traição gramatical, ele se viu de repente bem abaixo do probo pastor Vernier, o qual só cometeu essa infâmia a fim de propiciar uma ocasião que permitisse entender claramente que, em polinésio, é muito importante distinguir "ù" de "U". David Rousset é alguém de quem não se pode esperar que escreva de acordo com a verdade: "O leão colocou seu albornoz para secar no riacho".

Éluard, muito ao contrário, tendo de nos dizer que o céu lhe parece extremamente azul, escreve: "O céu é azul como uma laranja". O que há de mais natural e mais claro? De fato, o céu é azul como uma laranja (é laranja). É decepcionante que esse poeta, genial na elipse, perca todo o seu sentido da gramática quando deixa de tomar em consideração a elíptica linguagem política; ele não hesitaria de modo algum, por exemplo, em repetir: "Tito é um agente do Vaticano". Lembra-me Picasso ao desenhar, com um único traço, os contornos do corpo de uma mulher, deixando de traçar a forma de uma de suas pernas, a qual, ausente, é no entanto visível e até evidente: vê-se algo cujo meio material para ser visto ele não forneceu; ora, é esse mesmo homem que, ao se apaixonar por um trabalho dificilmente qualificável (porque político), faz estampar sobre as paredes do planeta inteiro pombas assinadas por ele *que ninguém vê*; nessas pombas, nenhuma elipse mais; não lhes falta uma única pena, só lhes falta a alma de Picasso, que não precisa desenhar uma pomba para que a vejamos, nascida dele, infinitamente real.

Éluard e Picasso sabem escrever ou pintar "leão", "albornoz" e "riacho" enquanto permanecem incólumes à propaganda. Assim que essa doença mental os atinge, mesmo guardando as aparências de comporem os mesmos conjuntos de palavras ou de formas, súbito ei-los revestidos de um ser estranho que, através de suas mãos, manipula seu pincel ou sua pena, estúpidos.

Por que o poeta e o gramático são verdadeiros ao propor conjuntos de palavras estranhas e por que o político, ao fazer o mesmo uso da linguagem, se encontra como que mecanicamente em erro? Esse mistério merece ser esclarecido.

*

Quando a rádio de Moscou, no seu serviço em língua tcheca em setembro de 1951, divulga que Tito "é um agente do Vaticano, um bandoleiro estipendiado pelo Papa" etc., etc., podemos primeiro ser tentados a admirar e até a proclamar o involuntário talento poético. Gramaticalmente falando, por outro lado, vê-se bem que tais injúrias são eivadas de elipses: restituído no seu todo, o raciocínio poderia se desenrolar como se segue:

Tudo o que é "americano", isto é, tudo o que não está conosco, é portador de todos os vícios, de todos os crimes; ora, por um lado Tito, e por outro o Papa, desde que não correspondam aos nossos sonhos, estão a serviço dos americanos; então Tito é um espião a soldo do Papa e o Papa é um espião a soldo de Tito.

Admirável esquema onde só falta o bom-senso! Do mesmo modo, por meio de um desvio muito célebre da retórica, em 1946 os stalinistas acusavam seus adversários trotskistas de serem agentes da Gestapo: "Acuados diante do único argumento possível contra a evidência, acabavam dizendo, com efeito: vocês não foram deportados e punidos pela Gestapo? Então vocês tiveram alguma coisa em comum com a Gestapo!". No caso do espírito totalitário, isto é, (dito de maneira muito simples), no caso da loucura, o contrário absorve seu contrário, de modo que o princípio de identidade é metafisicamente pervertido; o signo de diversidade mais evidente transmuta-se no seu contrário. É lógico que toda situação de guerra contra as faculdades do espírito acaba em violação do silogismo.

Falamos de elipses gramaticais. No nosso exemplo elas foram, efetivamente, bem insolentes e numerosas. Mas precisamos ir mais longe: na realidade, essas elipses não são de modo algum de qualidade gramatical; mais precisamente ainda, as elipses gramaticais, relativamente fáceis de serem detectadas, não passam da sombra que incide sobre as palavras e as frases, projetada por uma elipse gigante que, ela própria, não tem nada de gramatical e que é, portanto, intrinsecamente um embuste. O que nunca é exprimido, nem mesmo muito obscuramente nessas propagandas, é a petição de princípio de caráter metafísico, segundo a qual o adversário é ontologicamente o mal, que ele não tem consequentemente o direito à existência, menos ainda a palavras justas; de todo modo ele deve ser verbalmente aniquilado, enquanto espera ser aniquilado fisicamente; em suma, o limite do absurdo a seu respeito deve ser rompido a cada instante, e o absurdo deve ser perfeito a fim de desencorajar tanto o Espírito, quanto o instrumento do Espírito: o Verbo. Nada deve significar nada. Uma armadilha, que nada tem a ver com as legítimas artimanhas do estilo, é colocada sub-repticiamente em todas as palavras.

A rádio de Bucareste, na primeira semana do mês de julho de 1951, divulga o seguinte (trata-se de descrever a França):

"Hoje a França tem o rosto pálido e decadente: bate os olhos; tem o canto da boca horrivelmente sacudido por um sarcasmo impotente e petrificado, a fronte devastada pelo pressentimento do castigo próximo. A escola do crime, através de todos seus meios, funciona plenamente, sobretudo nas igrejas."

Aqui, nada a criticar quanto ao estilo: ao texto não falta uma certa energia: o autor, marxista, deve sobretudo ter lido a Bíblia, a menos que não tenha lido nada além desse vazio que são as ordens de dizer isto ou aquilo. A qualidade desse texto no plano do irreal é inegável. A troco de que, apesar de tudo, esse texto é mau? A troco de que podemos admirar "O leão colocou seu albornoz para secar no riacho" e que aqui, por mais imbuídos que estejamos de boa vontade, recusamos o derradeiro alento de aprovação?

É que o gramático árabe propõe um aparente absurdo que não o é: perfeitamente adequado ao seu objeto, ele deixa de ser absurdo; o próprio estilista de Bucareste está enganado, ou nos engana, ou então (o que certamente é verdade) é ao mesmo tempo enganado e engana pois, afinal, todas essas palavras lançadas em anátema não podem existir realmente, elas só têm acesso à existência se seu propagador, ou seu ator, ou seu autor, se reconhece como possuído por uma entidade de propaganda, se sabe que sobre ele atuam potências metafísicas, pressionando-o do exterior e dele se servindo como de um dispositivo de tagarelice, utilizando sua linguagem como uma sub-linguagem.

Mas, se ele soubesse disso, ao ter absorvido a percepção de sua aniquilação, se tornaria imediatamente incapaz de continuar como nada. De um modo ou de outro, na verdade seu texto é, então, inexistente, e de uma poderosa inexistência, se ousarmos assim dizer. E ainda por cima, enfim, o modo de imaginar que um "sarcasmo petrificado" possa "sacudir o canto de uma boca"! É claro que meu gramático árabe é um talento em comparação. Com tristeza, temos que concluir: essas pessoas não só não têm nada a dizer, como sequer sabem como dizer.

Um pobre de espírito de uma ordem muito inferior (o homem era mais baixo ainda!), muito apreciado pela burguesia e se fazendo chamar Stálin, perpetrou um lamentável escrito sobre os problemas gramaticais.[2] De acordo com todas as fórmulas da propaganda obsessiva, ouvi falar disso durante semanas, meses, anos. Geralmente me acusam de ser indulgente demais com esse simplório! Sei bem: as reflexões gramaticais dele são muito aborrecidas, e com certeza não lhe granjeariam a estima do honesto pastor Verdier; mas estou pronto a admitir que fui tomado pela tentação de examinar esse Stálin gramático nas seguintes circunstâncias:

Dentre os boletins de informação da rádio russa do interior[3] existe um que, ao longo de pelo menos três anos, de 6:45 às 7h. da manhã, foi de uma natureza bastante fantasmagórica para ser levado a sério por aqueles em quem a política e a diplomacia despertam interesse.

---

2 Tendo condenado o linguista Marr, Stálin escreveu um texto para explicar o que se devia pensar sobre a língua. [Nota de Françoise Morvan]

3 Robin designa assim as rádios russas que emitem unicamente para o interior do país. [Nota de Stella Senra]

De minha parte, apaixonei-me por essa rádio gramaticalmente. Constatei que, durante todo o período em que me deleitei com esse programa, todas as frases eram compostas por poucas palavras, regidas por uma única e estrita lei: as três sílabas "IÓSSIF VISSARIÓNOVITCH STÁLIN" deviam, como uma regra inédita na história da linguagem, ocupar a metade de cada conjunto de sílabas. O efeito produzido era aterrorizante para o cérebro.

Nisto vi o primeiro exemplo da tentativa de subjugar não apenas os povos e os espíritos, mas até as leis elementares da construção das frases. Estava lidando com uma língua russa na qual, toda manhã durante quinze minutos (que me pareciam diabolicamente uma eternidade), todas as palavras eram abolidas em proveito da tríade supraverbal "Ióssif Vissariónovitch Stálin". Tenho certeza absoluta de que ali, diante de mim, estava uma das supremas tentativas para obter de todo homem sua alienação mental.

Nessa ocasião, disse que fui tentado a admirar o gramático **Stálin**. Alguns instantes de reflexão me fizeram perceber que, em tal situação, decididamente esse Stálin não tinha agido como um gramático, mas como um feiticeiro. Eu o senti velho e ultrapassado. O pastor Vernier me pareceu bem mais merecedor da memória dos homens.

Nunca mais deixei de seguir esse Stálin, que não estudou nenhuma gramática árabe. Ele desceu cada vez mais baixo, como o espírito mais doente do tempo presente, contentando-se em fazer repetir para si mesmo a todo instante, pelas suas rádios, que é o homem mais genial, o mais amado, o mais sábio que o mundo jamais conheceu. Dia a dia, ele pede o tipo de palavra de que o fraco necessita. Desiste de dominar a gramática; tudo se passa como se, nesse humilde saber, tivesse encontrado uma força maior.

Nos momentos em que o ser da propaganda se apossa de vocês com mais intensidade, e já os toma como presa, é de perfeita virtude exconjuratória lhe opor uma fala tão carregada de verdade quanto:

"O leão colocou seu albornoz para secar no riacho."

Eis aí a inocência do Verbo.

Um lugar me tem

Apesar de diversas circunstâncias terem aparentemente contribuído, só os movimentos interiores me levaram pouco a pouco a viver curvado sob os programas em línguas ditas estrangeiras. Em vez de o escolher, esse ofício foi tomando conta de mim, de naco por naco de minha alma.

No princípio, meus dias indizivelmente dolorosos na Rússia. Lá eu vi os assassinos de pobres no poder: ali o afortunado matava deliberadamente o infeliz, constrangendo-o a proclamar no instante de morte: "Tu, só tu és a favor dos infelizes!" Em Moscou, pela primeira vez, vislumbrei capitalistas banqueteando.

De volta aqui, lá me retive. Mudo, murcho, atordoado pela lembrança do massacre dos proletários pelos burgueses bolcheviques, longe de qualquer olhar eu abraçava cada operário russo, morto para aumentar o poder do dinheiro. Por simpatia por esses milhões e milhões de vítimas, a língua russa tornou-se minha língua natal.

Como um querer mais forte em meu querer, veio-me a necessidade de ouvir todos os dias as rádios soviéticas: por meio das insolências dos carrascos pelo menos eu permanecia ligado aos gritos dos torturados, atravessando as palavras e como que as ouvindo na sua outra vertente.

Tão aterradores foram esses gritos que me atiraram fora de mim, diante de mim, contra mim. Eles me manterão nesse estado pelo resto do tempo que eu viver.

Em todo lugar eu mendigava um não lugar. Eu me traduzi. Trinta poetas em línguas de todos os países fizeram da minha cabeça sua morada. Embrenhava-me no chinês para melhor me proibir qualquer volta para mim mesmo.

O mundo exterior me ajudou um pouco: ele me odiou, me caluniou, me travestiu. Ai de mim! Às vezes também me louvou, como para me desencorajar.

Depois, deixei de dormir; o extremo cansaço foi meu ópio. Minha Lete, meu álcool: a esposa fadiga acompanhou-me em toda parte, pesada em meus braços.

Ainda hoje, sofrendo sempre o choque lá recebido, não renunciei a me perder, a estar em todo lugar onde não vivo. Mas um destino maligno trabalhou contra a minha vontade: uma atividade profissional tomou conta de mim.

Um lugar me tem.

# Férias

Num tempo em que eu não me percebia ainda como arrebatado por um ofício, me avisaram: "Este ano, de novo não podemos lhe dar férias; precisamos que fique aí, inerte sob os programas radiofônicos em línguas estrangeiras".

Oh, súbito alívio! Eu estremecia de ter de figurar nas cerimônias de falso repouso e, contra esse perigo, mendigava alguma ajuda do acaso.

Que faria eu, dizia-me a mim mesmo, das férias deles? Não sou completamente vacante o tempo todo? Nada de mim me habita; pena por pena penando, desertando de mim implacavelmente, eu me crio em sucessivo outro; graças ao não objetivo e ao não cálculo, eu me torno de verdade vacante.

Como as férias deles me deixaram em paz, minhas férias permanentes, feitas do aniquilamento de todo elemento pessoal, continuaram se estendendo em minha alma como algas intemporalmente flexíveis e sólidas, sob os ruídos ilimitados de todo o mar.

Sem fala, sou toda fala; sem língua, sou cada língua. Incessantes explosões de ruídos ora me umedecem e me fazem onda, ora afloram em mim como o destino de serena caminhada e me fazem areia, ora se chocam contra mim e me fazem rocha. Eu me deito em praia muito extensa e muito dócil, onde imensos seres coletivos, nervosos e agitados, aportam, gemendo de modo elementar.

De todas as linguagens confundidas, ouço compor-se uma espécie de não língua indizivelmente rumorosa; em seus supremos esforços, ouço essa não língua tentando aterrissar.

*

Toda noite preciso tornar-me todos os homens e todos os países. Desde que as sombras se juntam, ausento-me de minha vida, e essas escutas de rádios com as quais me presenteei ajudam-me a conquistar fadigas na verdade mais repousantes que qualquer sono. Chineses, japoneses, árabes, espanhóis, alemães, turcos, russos fazem acima de mim seu pequeno ruído, encorajando-me a deixar meus domínios; salto o muro da existência individual; por meio da fala de outrem saboreio deliciosas orgias noturnas, nas quais nada mais de mim me espiona.

É lá pelas quatro horas da manhã que eu me torno mais perfeitamente vago. Há muito precipitei meu corpo num Niágara de aniquilamento, e sua morte me vivifica: que importa se, como raivosa espuma que insiste em exibir-se sobre as vagas negras do abismo, ainda se embranqueça seu desejo de que eu o adormeça? Entrego-me ao prazer de me sentir aliviado dessa criatura estrangeira, abusiva.

Desde o início da noite, em tropel, todas as palavras dos homens em guerra investem contra o coração, esse abrigo para coágulos sangrentos. Aos bandos, proclamando-se poderosos chefes de povos, acotovelam-se pirralhos barulhentos e bagunceiros, briguentos e batidos: cada uma dessas criancinhas puxa atrás de si seu brinquedo de milhões e milhões de homens, fisicamente ou, o que é pior, mentalmente assassinados. Inalteravelmente vazio, torno-me seu campo de batalha onde não mais é possível batalhar: lugar absoluto de todos os confrontos anulo, definitivamente, o universo de todos os choques.

Mais alguns instantes e, desta vez, o gelo do sono tentará impor seus braços enregelados aos meus, que os rejeitam. Depois, como cúmplices a tremer, eles me farão sonhar.

A ultrafadiga desfaz esta última sedução: que necessidade tenho eu de sentir sono, de sonhar, se já sorvo em grandes goles, até a embriaguez, o não ser?

Quando enfim surgir o vaidoso sol, com seu redondíssimo rosto enrubescido por todo o sangue derramado nesta noite, num reino além do sono estarei em condições de levar para esses homens lamentáveis que chamamos poderosos e para as crianças doentes, como uma jarra cheia de leite da qual nada deve transbordar, minha cabeça lavrada por todas as palavras que fazem o mal, minha cabeça fendida por todos os acontecimentos que destroem, cabeça obstinada como anticabeça, cabeça exaurida por uma fadiga para além das fadigas, e que por isto se tornou ainda mais incansável, incansada cabeça.

Então, lentamente, cuidadosamente, verterei todos esses vastos seres coletivos, sobressaltados e como que tetanizados de subjetividade: eles deslizarão do meu cérebro como de um túmulo, tocarão a terra com um ruído abrandado, aplacado, domado.

\*

Agora, nomeio-lhes o seu mal:

Eles não têm em mente o empenho de conquistar para si um estado consolidado no "não eles"; não buscam sua própria desvantagem, mas a de seus vizinhos. Nunca sonharam apoderar-se do não poder. Quanto mais caem, como que para contribuir absurdamente para a sua própria queda, mais se preenchem com seus "si-mesmos"; de tanto querer vencer as batalhas do relativo, conferem um ao outro o esgotamento que representa cada sucesso alcançado na ordem das aparências. Quando se dão conta de que o ódio ronda, não pensam em desviá-lo para si próprios, a fim de retirá-lo de circulação e de ter assim a oportunidade de romper um encadeamento de maus atos; ao contrário, apressam-se em acrescentar seu mal ao mal geral. Esqueceram-se de que a palavra serve para dizer o que é verdadeiro, orgulham-se em responder com mentiras a outras mentiras, criando assim, em toda parte do planeta, universos fantasmáticos onde até mesmo o autêntico deixa de ter sua qualidade quando neles se perde; são "estratégicos" e "táticos", explicam eles no seu jargão próprio, o que significa que só falam por meio de antipalavras; por trás de cada uma de suas palavras, percebe-se a presença de seus interesses de caráter material, isto é, a presença do vazio. Diante de tamanha tolice, ficamos aqui, assim: até mesmo os poetas só conseguem captar suspiros reduzidos a queixumes.

Calculistas atordoados, trocaram toda substância por sua mera aparência; em seguida, dispondo apenas da irrealidade, reduzidos a disputar um contra o outro no epifenômeno, resta-lhes entregar-se a combates sem remissão com inéditos massacres, para preservar a qualquer preço sua situação no mundo espectral das "potências nacionais", dos "regimes sociais", das "forças políticas", para salvar seu lugar bem exíguo sobre a finíssima película das aparências.

Se um mundo desses quiser descansar, precisará de muitos séculos de vacância absoluta, precisará esvaziar-se por milênios no absoluto. Incitados por essa ruína extrema, perto de nós sábios preparam em vão reinos onde, de uma existência dessensibilizada, algebrizada, mutada em relações cifradas, jorrarão amenidades de segundo grau.

Tenho piedade desses seres tão degradados. Longe de todos os olhares, acolho-os em mim. Com muita paciência ouço seus delírios; o dia inteiro, em seguida a noite toda, e sobretudo nessas horas mais duras que vão da meia noite ao alvorecer, ei-los que lutam em mim, com lamentos de forças primitivas e negativas. Em vez de temer esses desesperados, eu os atraio, tento cuidar deles, exorcizá-los; não corro perigo algum; que perdição, que perda poderia afetar alguém que vive sem si mesmo em cada outro?

Mas que longo, longuíssimo trabalho! Provo em sua plenitude todos os êxtases em branco da fadiga, droga para fazer esquecer tempo e espaço.

\*

Fadiga da ultrafadiga, tu, através de quem desfruto constantemente de férias, – fadiga da ultrafadiga, tu, através de quem, em qualquer situação, nos tornamos não matéria incondicional; tu, através de quem, no avesso do percebido, vagamos como um **objeto leve, fiapo de palha imbuído de universo** –, fadiga da ultrafadiga, tu por quem, perto de nós, cintila em toda parte uma sobrenatureza – fadiga da ultrafadiga, oh, tu, meu repouso sem nome. Oh, tu que me fazes adormecer sem que eu durma – oh, tu, minha amiga, minha confidente, minha esposa –, obrigado! E, oh! Nunca, nunca me deixes!

Ultraescuta I

Os gaviões mentais

Ao longo do meu colóquio com as rádios mundiais posso sentir-me em contato, como por mediunidade, com perigosos seres psíquicos sitiando o planeta, obcecando a humanidade, buscando povos inteiros de espíritos para subjugar, devorar, saarizar. Nesses momentos, transformado em uma revoada de aves de rapina ansiosas para se abater sobre milhões e milhões de cérebros, o conjunto de propagandas lançadas dia e noite sobre todos os países me aparece, sem um único segundo de interrupção. Além das palavras, ouço os gritos dos carnívoros mentais em busca de pastagem.

Esses seres imensos percorrem incansavelmente o universo, postam-se avidamente sobre o mais obscuro lugarejo, espreitam-nos onde quer que estejamos. Investem com uma indizível tenacidade contra qualquer espírito intacto: mil vezes derrotados e rejeitados, não reconhecem nunca sua derrota, esperando que uma hora virá em que poderão surpreender em estado de fraqueza a alma que não foi iniciada, enterrando nela suas garras. Só o nosso assassinato mental é capaz de saciá-los; necessitando, para sua fome demente, daquilo que por definição não é comestível, isto é, o espírito, sonham implantar em todo esse século a ditadura da psicofagia.

Eles se alimentam de todas as nossas desatenções para com o pensar, engordam com todas as nossas inobservâncias para com esse gênio natural de viver que todos herdamos; o que os sustenta é sobretudo todo ato, ou todo pensar de nossa parte que implique no mal para com o outro.

Só os homens muito simples, que tendem com todas as suas forças para o não poder, que dizem o que pensam e pensam o que dizem, irredutivelmente consubstanciais às suas palavras, animados por uma boa vontade retilínea, são inocentes desse surgimento de gaviões mentais, não lhes oferecem nada que os possa alimentar. Só uma pureza de qualidade metafísica, desconhecida dos códigos, das leis e dos usos os desencoraja definitivamente, causa-lhes aversão, faz-lhes perder o apetite.

O sentimento de que através das propagandas se manifesta uma potência voraz explica o fato de que, instintivamente, em número cada vez maior, milhões e milhões de homens se recusem a ouvir o aparelho da palavra falsa; eles se afastam do indesejável presente que lhes ofereceram os sábios, recusando-se, por um obscuro e certeiro instinto, a entrar em contato com os monstros ávidos que em torno deles farejam: parece-lhes que ouvir um programa de propaganda é como permitir que saqueadores tentem uma razia contra suas faculdades de entendimento.

*

Passada a meia-noite, nessas horas em que, ao adormecer, a humanidade se oferece sem defesa ante os fantasmas, meu trabalho profissional fez-me imaginar, há seis anos, confusamente:

"O tempo não vai mais a lugar nenhum. Os fatos aparentes são inumeráveis e sua pressão aumenta sobre os corações; eles descem cada vez mais depressa, mas não passam de aspectos enganadores assumidos pela tentativa universal. Os povos acham que morrem apenas materialmente; sessenta milhões de homens mortos pela vitória do pior no curso do segundo conflito mundial apenas sentiram, de maneira tenebrosa, a estranheza do cataclisma; aqueles que perecem de uma morte mais profunda neste momento (e perecer de uma morte profunda é perecer para a faculdade de perceber que a morte material não é nada) sabem ainda com menor clareza o que se cumpre nesse tempo, dada toda possibilidade de degradar as mais ínfimas réstias de luz que ainda persistem; o fato de que milhões de homens sejam mortos nas condições as mais idiotas e as mais irônicas, de que milhões ainda mais numerosos sejam mortos de uma morte que eles sequer conhecem, de uma morte que os deixa aparentemente vivos, autômatos da pessoa espontânea que foram, decapitados e dessensibilizados, o fato de que não se diga aos homens que a morte em plena vida a eles destinada nesses tempos é uma morte que não parecerá morte, mas que mais mortalmente os cadaveriza – este fato é o único fato."

"Ao despertar das minhas próprias vigílias, vejo um gigante roedor instalado à vontade em quase toda consciência. O poder de expressão acaba de ser retirado da superfície do globo; nenhuma palavra sequer para nomear a situação real em que nos encontramos. O homem continua a mover os lábios, mas todo uso da palavra acaba de lhe ser retirado. Ele vaga como 'coisa de homem' em tempos de inédita mudez. E o homem persiste em não reconhecer que todas as suas palavras estão mortas; então, matam cem vezes essas mortes; ele continua não querendo reconhecer que essas mortes matadas estão bem mortas; então as entucham em sua boca, cadáveres absurdos, signos invertidos, paródia; e lhe dizem: 'Repita! Repita! Repita! não passas de repetição de todas as tuas palavras matadas!'"

"O verdadeiro caráter da guerra deste século se revela: guerra no cérebro, guerra contra o cérebro."

\*

Prostrado sob o aparelho onde todas as línguas se tornam para mim não línguas assisto, num reino de ultraescuta, a uma guerra que supera nossas próprias guerras, guerra nutrida pelas nossas guerras, guerra ávida de nossas guerras, guerra em que os sangramentos de fato ambicionados são os de milhões de espíritos saqueados, guerra branca sem nome.

De ouvidos tapados ouço, além da explosão das palavras, a muda matança do Verbo.

Ultraescuta II

A matança do verbo

Ao longo do meu colóquio com as rádios mundiais, tudo me parece de quando em quando se passar como se gigantescos seres psíquicos nascidos de nós mesmos, nascidos de nossas próprias guerras, de nós se desatassem, fazendo indistintamente a guerra contra todos nós. As informações e argumentações postas em circulação pelos mais poderosos dentre nós, com vistas a este ou aquele objetivo preciso e limitado, se transformam em pessoas autônomas prosseguindo por conta própria, fora do nosso controle, a existência com a qual as havíamos temporariamente animado. Como se os mais extraordinários chefes de povo tivessem gerado seres supra-humanos que deles zombam.

Não me exprimo assim por gosto do irracional, nem por tendência à poetização. Tento dar conta de uma realidade pouco conhecida, detectar e definir um estado de fato.

*

Algumas anomalias dão muito o que pensar, embora, mesmo com sua manifestação cada vez mais evidente até na vida cotidiana, hesitemos inicialmente em admiti-las de consciência limpa.

Não há nenhuma medida comum entre a força mental geralmente muito fraca do propagandista e a força mental geralmente forte da propaganda que faz mover os lábios; na escuta, fica extremamente claro que o propagandista é coisa. Costuma-se dizer: "Ele não acredita numa palavra do que diz!" Trata-se de algo completamente diferente: de fato, muito além da mentira e da verdade, ele é apenas a primeira boca posta automaticamente em movimento, no inumerável povo de bocas que vão ser postas em ação.

Muitos homens já perceberam confusamente a ameaça representada pela explosão das propagandas difundidas pelo rádio. A extrema desconfiança instintiva de tantos de nossos contemporâneos em relação às afirmações do rádio, desconfiança que chega às vezes até à repulsa pelo próprio aparelho receptor, surge exatamente como uma reação de defesa; ler o jornal mais ofensivo para as faculdades mentais é considerado, em comparação, um perigo anódino; para um número cada vez maior de homens, girar o botão de um aparelho de rádio para ouvir propagandas significa se por em relação com um mundo maléfico que assedia nosso planeta, visando povos inteiros de espíritos, logo os obsidiando. Tudo se passa como se, para grande parte da humanidade, esses massivos lençóis verbais pudessem deteriorar o entendimento humano pacientemente criado há alguns milênios, como a Atlântida sob as antigas irrupções de águas.

Num plano mais imediato, muitos homens já percebem, com mais ou menos nitidez, que o novo aparelho, originalmente destinado a dizer alguma coisa, difunde tagarelice onde só existe silêncio; essa impressão torna-se infinitamente mais forte para o ouvinte que escuta numas trinta línguas diferentes.

Incansavelmente, dia e noite, o aparelho lança contra o cérebro um gigantesco caos de notícias; apesar disso, tem-se a impressão de que nada nunca é dito, e de que o que é dito nunca é nada; não há mais acontecimento; o ouvinte se encontra diante de uma ausência universal de verdadeiras notícias, diante de uma "ananguelia"[4] mundial; tudo se passa como se, mascarada dia e noite por um soberbo tumulto, uma mudez ainda inesperada se estendesse pouco a pouco sobre todo o país, sem um único segundo de interrupção.

Admite-se comumente, ainda hoje, que o aparelho de tagarelice oferece a prova do poderio de alguns homens na técnica da colonização das almas; técnicos da possessão de cérebros se manteriam em todos os pontos da trajetória seguida pelas propagandas, desde o espírito de quem deseja domar mentalmente até o espírito de quem quer que seja mentalmente domável; os lacaios verbais, comandados e, por assim dizer, teleguiados em cada ponto de suas viagens, retornariam para seus senhores sob sua forma de lacaios, nada teriam feito senão cumprir missões em milhões de cérebros e esperariam, como zelosos serviçais, novas ordens. Seríamos tentados a crer que este é principalmente o caso das rádios totalitárias, isto é, stalinistas: nestas rádios, ajudados pelas forças mais nabucodonossorianas, habilíssimos psicotécnicos formados em laboratórios especializados no estudo dos meios mais apropriados para intoxicar mentalmente povos inteiros levariam a cabo, com glacial e constante lucidez, bombardeios maciços por meio de robôs

---

4  A palavra "ananguelia" vem da mesma raiz da palavra Evangelho (εὐάγγελος), que significa "boa notícia", "boa nova". Associada aqui ao prefixo de negação, refere-se à ausência da notícia, privação da palavra. [Nota de Stella Senra e Paulo Fonseca Andrade]

verbais, de engenhos psíquicos mantidos com a rédea curta por mais longe que tenham de ir, sutis cérebros infinitamente submissos. A realidade parece muito diferente.

As propagandas difundidas pelas rádios carregadas ao máximo de vontade de potência são justamente as que mais ironicamente escapam aos propagandistas; elas atraem para si uma permanência, uma constância e até mesmo uma substância tais que logo se torna evidentemente inútil a intervenção de um cérebro humano para as manter ou repor em circulação; usurpando licença de ser, não retornam mais a seus orgulhosos criadores e deles escarnecem; tais seres vivem como rijos e **imutáveis arcanjos, impiedosos para com os magos científicos** que os despertaram; rapidamente reduzem os pavlovizadores **a reflexos condicionados, enquanto esperam rir deles à socapa** quando desabarem em mecânicas inúteis.

No caso dessas rádios, assistimos a uma anulação dos mais extraordinários senhores por suas palavras; o ditador é expulso de sua linguagem; ele próprio se dilui, antes de todos os outros, em entidade verbal que tudo lhe subtrai e nada lhe devolve; a palavra stalinista não necessita mais de Stálin, dele escarnece; ela se apropriou de Stálin, nada devolve a essa coisa; separado da vida pelas propagandas suscitadas para dominar a vida, o ditador totalitário é além disso separado dessa linguagem de separação: ele é o supremo alienado.

Se, de acordo com seu sonho, o ditador possuísse incondicionalmente o universo inteiro, estabeleceria uma gigantesca e permanente tagarelice onde, na verdade, ninguém ouviria nada além de um espantoso silêncio; em cada língua reinaria sobre o planeta uma linguagem aniquilada. E esse mago supremo, perfeitamente isolado na sua atonia, loquazmente afásico, ruidosamente ensurdecido, seria o primeiro a ser anulado pelas palavras dele nascidas e fora dele transformadas em potência; giraria indefinidamente num campo de concentração verbal, tendo sempre nos lábios e nos ouvidos as mesmas palavras obsessivas.

O processo que leva à linguagem obsessiva, isto é, no fim das contas, à supressão do sentido das palavras, tem algo de fascinante, de enfeitiçante: neste surgimento de uma não linguagem há como que a promessa de um novo modo de ser que, como o vazio, atrai e faz cair; por mais pavoroso que possa parecer, chegaríamos até a dizer que, para milhões e milhões de homens, esse extermínio bíblico da linguagem pode se apresentar como um repouso inesperado, como a Terra Prometida; o silêncio totalitário, perfeitamente realizado na forma da palavra falsa imposta a todos os lábios, tem chances de conseguir hipnotizar uma humanidade exaurida: um silêncio desses é promessa não mais de morte, no sentido que as religiões deram a essa palavra (nessa palavra ainda haveria vida e consciência mais alerta), mas de uma morte ainda inominada em que cada homem seria transformado em objeto congelado; nas águas da palavra totalitária, a humanidade vagaria confortavelmente, degustando os prazeres dos peixes silenciosos; mais ainda, esses pseudo-humanos necessitariam o tempo todo de gigantescas vagas de tais palavras insensibilizadoras e não poderiam mais suportar serem delas removidos; menos ainda serem colocados na situação de terem, eles próprios, de falar.

A escuta dos programas radiofônicos leva a pensar que é possível, então, que boa parte da humanidade atual não deseje mais de modo nenhum a palavra verdadeira, que ela aspire a ser envolvida cotidianamente pelos ruídos de aves de rapina psíquicas; pode ser que contribua com toda a sua força para a matança do Verbo. Por outro lado, isso explicaria por que tantos homens se sentem invadidos por uma angústia secreta tão logo um acaso os coloca em comunicação com um programa de propaganda. Talvez o processo de mutação da espécie humana num tipo de coisa que tem necessidade vital de não palavra esteja mais avançado do que suspeitam os mais vigilantes espíritos; talvez já convivamos cotidianamente com toda uma categoria de objetos que guardam provisoriamente o nome de homens, mas que não têm em comum com a humanidade senão as formas exteriores irredutíveis de um bem pequeno número de comportamentos elementares; talvez o povo dos "acometidos pela propaganda", mais incuráveis que as antigas populações maciçamente atingidas pela peste, já se encontre bem além de todas as terapêuticas mentais conhecidas. Os descerebrados necessitam de sua loucura, os danados de sua danação.

É aterrorizante, e de todo coração desejo estar enganado. Mas, prostrado sob o aparelho para recobrir todo o planeta de fantasmas verbais de rapina, como não imaginar que milhões e milhões de espíritos pilhados ficaram fanaticamente apaixonados pelo gavião da pilhagem e se sentem em perigo mortal, segundo as leis de um reino metafísico invertido, tão logo deixam de ser devorados?

O povo de telecomandados

Eu só conseguia viver habitado por todo esse alarido, observado por uma terra inteira a trinar. Todas as máquinas de domar palavras vieram em mim se alojar desencadeando as palavras, detendo-as, petrificando-as, misturando-as, suprimindo-as, superpondo-as, precipitando-as para frente ou obrigando-as a acelerar para trás. Num mesmo instante o português tornava-se ucraniano, o sueco, macedônio, indefinidamente, ao meu bel-prazer. Em qualquer linguagem, não gramática, não sintaxe, não língua eram-me propiciadas o tempo todo por essas engenhocas que, mais que eu próprio, se alojavam em mim, insolentes acima do meu leito.

E eu ouvia sempre, com meses e anos de intervalo, a mesma explosão de imensos lençóis verbais. Nunca qualquer esperança de encontrar uma palavra perdida, resgatada. Universos gigantes de palavras giravam em círculo, disparavam, precipitavam-se sem nunca engatar em qualquer coisa real. Estávamos em pleno "idealismo", no pior sentido do termo. Ao acionar novamente as máquinas de falar, eu experimentava esse tipo de mal-estar que, ao que dizem, os psiquiatras sentem diante de seus pacientes.

Como não perceber em longo prazo que eu estava lidando com um mundo enfeitiçado, no sentido mais estrito do termo?

Através das propagandas radiodifundidas dia e noite, durante anos, e até dezenas de anos sob uma forma em que nada nunca muda, toda uma grande parte do gênero humano surgia num dado momento subitamente capturada, imobilizada no mesmo lugar, **condenada à repetição permanente e automática das afir**mações que fazia no momento em que foi surpreendida, para sempre incapaz de deixar o círculo de malefícios; por acréscimo, quando abandonava a escuta das rádios, encontrava todos os dias pessoas conhecidas que não reconhecia mais, pois logo após as fórmulas de saudação e de "prazer de se rever", ouvia cair sobre seus lábios, como gotas de uma chuva demasiado pesada, as palavras telelançadas. Uma coagulação de todo o real **em cavernas mortais, uma gelificação de toda a vida em piro**tecnias glaciais, em estalactites e estalagmites nas franjas das quais se movem, num vai-e-vem, halos inquietantes não se sabe de que matéria extra-humana: eis o que parecia estar sendo experimentado por todo o universo através dessas gigantescas aspersões de palavras. O tam-tam da incoerência mental ressoa até no mais recôndito vilarejo; veem-se nas aldeias os enfeitiçados se reunirem, se porem em marcha com passos mecânicos, escandindo como sonâmbulos as fórmulas destinadas a mantê-los em estado de alienação; deixamos que eles se desloquem como objetos mágicos; contentamo-nos em nos afastar deles.

Para me distrair convoquei em casa a máquina de ver. Ela veio, brilhante e agradável. Jovenzinha ainda, comportava-se com modéstia. Cometeu, no entanto, sem mais tardar, algumas imprudências que me instruíram.

Por enquanto a máquina de imagens só agrada; mas basta que pensemos o mínimo sobre ela e que tenhamos presente o condicionamento de todos nesta época para vermos que ela será logicamente chamada para servir a temerárias operações de dominação mental à distância; pode ser que por meio dela sejam tentadas atividades visando domar, magnetizar de longe milhões e milhões de homens; por meio dela um manto de hipnose poderia ser telebaixado sobre povos inteiros de cérebros, e isto quase subrepticiamente, sem que as vítimas deixassem de se sentir diante de entretenimentos agradáveis.

E mesmo nas formas em que essa máquina é atualmente utilizada, já acontece algo estranho: os botões de comando permitem rejeitar as imagens, a qualquer momento, à sua desordem original de linhas e de pontos; imagens que, por outro lado, tão comodamente compomos com esses mesmos botões; lançado de longe sob nossos olhos, esse rosto ao mesmo tempo verdadeiramente presente e verdadeiramente ausente pode, segundo nossa vontade, se tornar muito próximo ou muito distante, **estável ou flutuante, preciso ou embaçado, obscuro ou luminoso**, e podemos até deixá-lo à deriva, transformado num tecido qualquer que as ondas levam num tremor incessante; em suma, é feita a demonstração de que o real pode ser decomposto e recomposto à vontade, que ele não existe enquanto tal e que, portanto, vê-lo naturalmente não tem valor nenhum; pior ainda, que ele só acede a uma existência, sempre questionada, se tiver sido previamente construído por hipersábios que podem a todo momento torcê-lo, transtorná-lo, perturbá-lo, embaralhá-lo de todas as maneiras.

A propaganda obsessiva tende a persuadir que só há vantagem em não mais ouvir por si mesmo; a máquina de olhar pode se prestar a criar uma variedade inédita de cegos.

\*

Logo fui mais longe em minhas observações. Ao tentar definir em termos exatos, com realismo e bom senso, a situação em que se encontra de fato uma grande parte da humanidade atual, pareceu-me com toda evidência que estavam em curso aquelas iniciativas de feitiçaria cujos instigadores, por meio de um ardil difícil de desmascarar, atribuem à "idade média" e às sociedades ditas "primitivas".

Foi somente no nosso tempo que a "idade média" e a "mentalidade primitiva" começaram a existir com força total. Todas as operações de feitiçaria imaginadas até uma época recente pelos espíritos ditos irracionais estão agora sendo realizadas, com a ajuda da ciência, pelos espíritos ditos "racionalistas". Os assassinos das almas estão finalmente sorridentes e cheios de certeza: ferramentas modernas, a cada dia (que digo eu, a cada dia?) mais modernas, lhes dão a esperança de poder perpetrar milhões e milhões de assassinatos à distância, sem fio e sem vestígio, de levar toda a humanidade à alienação mental. Para designar com muita precisão: trata-se de um trabalho de enfeitiçamento.

A teledifusão de universos verbais destinados a destruir toda faculdade de compreensão em povos inteiros, as pesquisas feitas para povoar com hipnoimagens as telas dos receptores de televisão representam provavelmente apenas os primeiros passos da tarefa em curso. Certamente já se foi muito mais longe no estudo dos procedimentos científicos adequados para descerebrar à distância, sem fio e sem vestígio. E seria até mesmo paradoxal, por mais friamente que pensássemos nisso, que não fosse assim.

Hipersábios certamente já começaram a estudar os meios de sacudir à distância, sem fio e sem vestígio, por eletrochoques teleguiados, as têmporas das cabeças mais sólidas, de captar à distância, sempre sem fio e sem vestígio, "filmes" de pensares ainda intactos. Pelo que se sabe do mundo atual, não é impossível que já não se trabalhe em algum lugar do planeta para desenvolver máquinas hipercientíficas que, gabam-se, poderão ser apontadas de longe, sempre sem fio e sem vestígio, segundo coordenadas rigorosíssimas, para cérebros ainda preservados em tentativas precedentes. E até a aplicação prática com certeza já foi tentada. O ditador totalitário não consegue deixar de se sonhar como Zeus tonitruante fulminando à distância a seu bel-prazer qualquer espírito indomável; ele não pode sequer tolerar a sombra da ideia de que possa subsistir algum homem, um único homem capaz de escapar à universal alienação mental. Está em jogo o triunfo incondicional do irreal, portanto, a capitulação incondicional de toda inteligência e sua descida de círculo em círculo até o último degrau dos abismos, no qual são repetidas sem fim, com rangidos de engrenagens, as fórmulas de possessão para sempre imutáveis.

*

Acabo de tentar definir, com o máximo de exatidão possível em tal tema, a verdadeira natureza do que cada homem sente obscuramente se tramar à sua volta.

Resta-me examinar se os feiticeiros têm alguma chance de êxito: minha resposta será "não"; mas que não me seja objetado que eu responderei "não" em virtude de um preconceito "anti-ocultista", de uma forma espiritual irredutivelmente cartesiana, em suma, em virtude do que se denomina no jargão "a mentalidade lógica". Bem mais simplesmente, direi "não" porque é "não".

Por certo existem categorias de homens prontos para o abatedouro mental. Em primeiro lugar, os intelectuais: sendo o contrário dos homens de pensamento, sendo idólatras de qualquer exercício cerebral que implique promessa de dominação sobre outras consciências, eles todos são indicados para serem os primeiros servos de um projeto inédito, que tende a separar **todo pensamento do real e a obrigá-lo a dar voltas indefinidamente num mesmo círculo, reduzido a um conjunto de engrenagens irrisórias acionadas à distância.** Imediatamente depois, na ordem das possibilidades de aniquilamento psíquico, os burgueses (e de modo geral qualquer um que ame o dinheiro por si mesmo, ou o poder) são, também eles, indicados para abdicar em favor dessa ditadura da loucura, pois toda a sua vida já está centrada no apetite de dominar, e tal apetite se encontra **enfim com a operação que tende a empoleirar um demônio de avidez indizível em cada cérebro** Ou seja, qualquer um que tenha começado o trabalho de maneira débil cede seu lugar a qualquer outro que, no plano metafísico, o faz com toda a força.

**Uma vez que tem de lutar com crescente dificuldade para assegurar suas necessidades mais elementares à medida em que avança a obra de negativização,** ao contrário, as pessoas do povo e, muito particularmente, os proletários estão mais naturalmente destinados a não perder contato com um real cada vez mais doloroso. Portanto não há absolutamente nada de **paradoxal na raiva com a qual os comunistas, façam o que fizerem, sabendo-se condenados pelos proletários, levam a cabo uma guerra contra esta parte da humanidade;** desesperando-se por nunca poderem obter uma colaboração ou uma aprovação vinda desse lado, é lógico que punam sistematicamente esses refratários absolutos com a espécie mais banal de punição, a do carrasco.

Aliás, sem serem sensivelmente atingidas na sua natureza e em seus pensamentos, as pessoas do povo atravessaram as piores catástrofes da história que, entretanto, não eram dirigidas contra elas; é normal desta vez que, sentindo-se diretamente visadas diante do bolchevismo, resistam ainda mais coriaceamente.

Independentemente dessa resistência instintiva dos homens do povo, que é um erro não levar em consideração, há uma falha intrinsecamente grave no sistema: ironicamente, reina em todos os pontos do processo uma espécie de pecado original mental, que tende a estabelecer a ditadura da loucura sobre todos os espíritos.

A limitação de toda atividade mental humana à repetição permanente das mesmas fórmulas de alienação só pode ser realizada se a humanidade for posta fora de condições de perceber o que está sendo tentado contra ela; é absolutamente necessário que o toque da varinha mágica seja tal que, de repente, ninguém mais seja capaz de designar a operação pelo seu verdadeiro nome. Conhecer esse projeto é precisamente ter escapado dele; nomeá-lo é destruí-lo; descrevê-lo em detalhe, tão objetivamente quanto os entomologistas descrevem um inseto, é pior que destruí-lo; é, por assim dizer, tê-lo banido segundo as leis de um tempo reversível, até daqueles primeiros instantes ilusórios sobre os quais tal projeto acreditou ter o domínio. E mesmo alguém que, já enfeitiçado, perceba de repente – ao repetir uma fórmula de propaganda (isto é, ao emprestar seus lábios a um veículo verbal da operação de feitiçaria praticada contra si) – que foi despossuído de seus olhos, orelhas, de seu cérebro, já estará curado segundo o que se considera estar verdadeiramente curado, e se ri dos senhores da demência.

Ora, por uma lógica interna, a desmedida do objetivo buscado é tal que ela torna-se ano a ano tão mais desmedida que os promotores da dominação psíquica universal não podem deixar de se revelar, de modo desastrado, num momento qualquer. Ao examinar o caso com atenção percebemos que, no fim das contas, eles teriam de partir de uma humanidade que já perdeu toda a capacidade de compreensão: ou seja, *eles teriam de ter chegado ao fim antes de começar*, o que nunca fará parte da ordem das coisas possíveis. Recorrer a procedimentos científicos cada vez mais aperfeiçoados não passa de um expediente, e isso só desloca ligeiramente o problema e retarda muito pouco o momento em que esses promotores terão de admitir que os dados iniciais eram intrinsecamente absurdos, e que o empreendimento estava selado, desde a origem, pela marca da tolice.

*

Com confiança renovada vou poder continuar meu ofício de desenfeitiçador, virando todo o projeto obscurantista pelo avesso.

# A não língua de todas as línguas

Por que, e principalmente para quem, a rádio italiana em ondas curtas divulga toda tarde, em língua paquistanesa, às cinco horas, palavras que o homem comum da Itália não ouviria de jeito nenhum? A esta hora nem um único pobre diabo do Paquistão está livre para ouvir, mesmo supondo que possua um receptor de rádio e sobretudo que, menos sensato que o homem comum da Itália, esteja disposto a escutar!

— A rádio italiana pretende assim poder dizer a si mesma que é a rádio de uma grande potência.

— Bastante impotente.

— Não é o caso de tudo o que se intitula grande potência? Entretanto, conviria prever o caso de um paquistanês, de um único, de um paquistanês excepcional, pervertido a ponto de considerar que a Itália é detestável, e por isso fazendo o impossível para arrancar de suas condições de vida materiais os minutos indispensáveis para se postar malignamente à escuta da sublinguagem do inimigo.

— Esse paquistanês insensato me parece normal segundo as regras do atual mundo pelo avesso: em vez de pensar que todos os seus inimigos estão em si, e somente em si mesmo, sonha com eles fora de si. Ele substitui o mal, pois, imaginando recebê-lo do exterior, devolve-o e o propaga um pouco mais adiante.

— Mas, poderiam lhe objetar: talvez você seja o único paquistanês do mundo, Armand Robin, que escuta as emissões italianas em paquistanês que o diabo faz toda tarde às cinco horas.

— Espero que sim, pelos verdadeiros paquistaneses.

Em cada língua, a linguagem separada do Verbo é posta em circulação em torno do planeta numa ronda incansável, na qual as brevíssimas interrupções são ódios antagônicos que, igualmente, abrigam, aquecem, alimentam, relançam essa patética vagabunda: "Devolvo-te essas palavras da mesma maneira que tu mas emprestaste!", diz tal Ódio à sua vizinha, com gentilezas de Ódio.

Mas parece que nenhum homem que de fato faça questão de falar e de ouvir tem lábios, tem olhos, tem orelhas para esse esperanto do não falar.

No entanto, pode não ser inútil estudar o submundo da linguagem: é sempre salutar descrever corretamente os infernos. Descobrimos o seguinte:

A palavra falsa não pode ser tão absolutamente falsa quanto pretende; e até mesmo a não palavra não conseguiria tornar-se inteiramente não palavra; com efeito, um nada reivindicando sua qualidade de nada deixa de ser nada; o negativo ao extremo (e é precisamente o caso dos seres de propaganda) é por definição não possível, pela simples razão de que a natureza do negativo-ao-extremo é tender para a não existência, e que tender à inexistência é o suficiente para impedir de inexistir. Torrentes de palavras absurdas em paquistanês, enquanto nem um único paquistanês as escutará, representam o que há de mais próximo do NADA absoluto; mas basta que um único homem não previsto no mundo paquistanês as ouça, e comece a conceber pensamento a partir do nada que elas se dispunham a ser, e ei-las investidas de Ser.

Inversamente, o que é positivo ao extremo (a santidade, o gênio, o entendimento do metafísico etc.) é acessível uma vez que o objetivo não se oculta, mas, pelo contrário, se afirma a cada passo feito em sua direção; quem busca o positivo-ao-extremo não apenas já o encontrou, mas o faz existir ainda mais.

Uma vez mais é a palavra "tolice" que se impõe, se quisermos qualificar com justeza qualquer projeto político, tático ou estratégico, de utilização da linguagem. Entretanto, falta examinar o que pode significar exatamente uma linguagem sem significação, pois *nada* é impotente para ser *nada*, *nada* é algo: trata-se de desvendar esse segredo.

# Além da mentira e da verdade

## Moscou no rádio

"Stálin, tu és a Palavra! Stálin, tu és a Paz! Stálin, tu és a Verdade e a Vida!" – estas são, segundo as rádios soviéticas do interior, as fórmulas rituais das mensagens dirigidas pelos operários russos Àquele sobre quem, por outro lado, repete-se incessantemente que "Seu Nome é bem-amado por toda a humanidade".

Essa linguagem corre o risco de parecer banal: quem hoje em dia não sabe que a característica essencial de toda a humanidade que se diz materialista é fazer de tudo para ser proclamada divina? O ingênuo Stálin sempre é pego como alvo; ocorre que todos aqueles que com ele rivalizam em apetite de poder, que se declaram seus inimigos, bem que gostariam de, como ele, entregar-se às mesmas piruetas de macaco de Deus; apenas não ousam! Stálin, o próprio Stálin, na sua inacreditável variedade de inocência, manifesta o desejo deles todos, vai direto ao ponto: de tanto malfazer, consegue se passar por Deus! É um *revelador*, no sentido que a palavra assume quando se trata de auxiliares químicos.

"Stálin, Criador da Vida! Stálin, sábio e grandioso Transformador da Natureza!": ouço essas afirmações todos os dias, que digo eu, todas as horas; elas não me fazem absolutamente nada! Sendo sensato, prefiro me haver com Deus, que é modestamente mais humano.

Isto posto e de uma vez por todas, o comportamento psicológico e o falar dos opositores de Deus parecem constituir um "objeto novo" na história da humanidade; com esses excessos de nabucodonossorismo vejo-me na posição do naturalista, para quem tivesse sido anunciada uma espécie de seixo desconhecida até então: ele se debruçaria atentamente sobre o curioso seixo, contemplá-lo-ia durante dias, revirá-lo-ia durante meses de todos os lados, pensaria nele ao jantar com seus amigos e até dormindo, seria considerado em toda parte como distraído, abandonaria a mulher e mesmo as amantes, desligaria seu telefone, não teria sossego enquanto não descobrisse o mistério do curioso seixo.

No caso do meu objeto trata-se, por acréscimo, daquilo que toda uma parte especialmente alienada do gênero humano sonha parecer ser e que, por enquanto, apenas um pensa tê-lo conseguido.

Em outras palavras, estudar o ser metafísico das rádios soviéticas é o mesmo que estudar todas as outras rádios, sendo os governantes russos, após essa farsa chamada Revolução, o que se poderia denominar segundo o linguajar desses tempos os "governantes-pilotos", aos quais as outras escuderias de governantes, querendo ou não, nunca deixaram de se ajustar numa corrida comum para o *nada*. Os governantes russos nunca tiveram inimigos, só concorrentes.

Até hoje, o único juiz válido da realidade feita de irreal inaugurada em 1917 na Rússia, isto é, Alexandre Blok, em seu poema quase extra-humano *Os Doze*, silencia; e, àqueles que o pressionavam para romper o silêncio, acaba respondendo: "Como vocês não ouvem que todos os ruídos emudeceram?". Ora, os ruídos continuavam, e até se tornavam mais ruidosos que nunca, chegando até a representar o silêncio.[5]

Alexandre Blok não podia saber de que seria feita a linguagem-que-sucede-à-matança-do-verbo. Uma vez assassinada a linguagem, o que ainda se pode dizer? E de que maneira? E como ir ao encontro do Verbo ressuscitado? O que fazer do curioso seixo atravessado no meio do caminho? O que pode significar uma linguagem que pretende *nada* significar?

Os russos, que entraram com tudo antes de nós nessa corrida para o *nada*, certamente sabem mais que todos os outros a respeito.

*

Para compreender as condições nas quais se encontra o ouvinte que vive no interior da Rússia, é preciso, antes de tudo, saber que noventa e nove por cento da escuta é coletiva. Só excepcionalmente e nos grandes centros os russos dispõem de um aparelho receptor individual. Na maioria das vezes só podem ligar

---

5 No mesmo instante em que escrevo estas páginas, uma rádio qualquer, a propósito de um acontecimento qualquer no Egito, difunde o que anoto religiosamente: "Ao longo de todo o percurso acompanhado pela grande multidão, alto-falantes pendurados nas árvores ou fixados nas janelas repetem sem cessar em tom lascinante: *Silêncio! Nossa palavra de ordem é Silêncio!*" Recomendação aliás supérflua, já que ninguém diz uma palavra." [Nota de Armand Robin]

um alto-falante em um aparelho do imóvel, aparelho que nos colcozes é até comum a todo um grupo de moradias. Na imensa maioria dos casos está, portanto, descartado que o ouvinte russo possa escolher seu programa e, com mais razão ainda, que possa ouvir rádios estrangeiras. Até os raros privilegiados que dispõem de um aparelho individual em geral só puderam comprar um que capta apenas as estações locais.

Na falta de termos de comparação no mundo não russo, por uma outra razão ainda a situação do ouvinte de rádio no interior da União Soviética é dificilmente compreensível. Com efeito, tal ouvinte tem a obrigação de ouvir, todos os dias; aliás, seja qual for a sua opinião sobre as rádios que lhe são impostas, não pode se comportar negativamente em relação a elas, recusando-se a ouvir. Principalmente nas fábricas, são organizadas escutas coletivas das quais todo mundo deve participar: o ouvido não tem direito ao absenteísmo. Essa situação tornou-se muito mais rigorosa nos últimos anos. Do mesmo modo e no mesmo sentido, a leitura coletiva do editorial do *Pravda*, seguida de uma exegese e de uma discussão coletiva do texto, é organizada de maneira cada vez mais rígida nas fábricas e nos colcozes.

Só de uns três anos para cá tal situação mudou, pelo menos na aparência: os dirigentes do mundo não russo organizaram potentíssimos serviços de programas radiofônicos em língua russa. Temos todas as provas de que essas rádios são ouvidas por um número bastante grande de ouvintes russos, mesmo apesar das encarniçadas interferências.

Não é mais inteiramente correto, portanto, dizer que os russos estejam agora tão radicalmente cortados do mundo exterior como estiveram nas últimas gerações.

Deve-se notar, entretanto, que o fenômeno de osmose se produz no momento em que o comportamento do mundo não russo e o seu modo de falar tendem a tornar-se, sob vários aspectos, idênticos aos do mundo russo. Dir-se-ia que a injúria de um é a injúria do outro, que o culto de um pela "produtividade" (para dar um exemplo) é o culto do outro pelo mesmo ídolo; quando um diz "a chamada verdade da paz", o outro diz também o mesmo; e tudo isso na mesma língua, o que, pensando bem, é divinamente justo.

Em outras palavras, os programas em língua russa provenientes do mundo não russo fornecem aos ouvintes do interior da Rússia um único ensinamento, muito inesperado de acordo com as concepções correntes: elas informam a esses últimos que o universo dito anti-stalinista tenta ser parecido com o universo stalinista, que ele simplesmente só está alguns anos atrasado. Ele também conseguiu, por sua vez, a matança de todo o sentido de toda palavra.

Assim, a intrusão do Verbo assassinado à moda não russa não muda quase nada nos dados do problema: de que poderia ser efetivamente informado um ouvinte de propaganda?

\*

Para responder a tal pergunta somos imediatamente obrigados a levar nosso leitor para bem longe do mundo que lhe é familiar, o qual acostumou-se a considerar como o único possível, pedindo-lhe entretanto que não perca de vista que esse mundo ao qual ainda se agarra está desaparecendo.

A noção de informação é tão estranha às rádios comunistas que até chega a ser incorreto dizer, como se faz habitualmente, que essas rádios mentem. Isto se torna imediatamente inteligível se aceitarmos levar às últimas consequências o princípio segundo o qual o objetivo da palavra não é dar conta da realidade, mas "mudá-la", alterá-la no sentido mais extremo da expressão.

Para os dirigentes do projeto soviético a mentira não é, pois, uma mentira; e até nem mesmo pode haver mentira nela. Só pode se tratar de meios susceptíveis de violar a realidade constatável para obrigá-la a engendrar a realidade desejável. Se levarmos até o fim nossa análise desse comportamento mental, constatamos que muito logicamente tais dirigentes são levados a considerar a verdade como eminentemente "reacionária". Donde permanentemente recomeçada, a cada dia com um incrível afinco, a construção de um mundo puramente mítico, superposto a qualquer preço ao mundo real.[6] Por isso, a todo instante, esse ar de contra-verdade característico das afirmações oficiais propagadas na Rússia. Escolhidos dentre milhares, alguns exemplos ilustrarão tal constatação:

Em 1945 e 1946 a colheita da Ucrânia foi excepcionalmente ruim; um balanço oficial publicado muito tempo depois em Moscou viria reconhecê-lo. A partir de outubro de 1946, na abertura de todos os seus boletins de informação, as rádios russas do interior fizeram eclodir sem cessar, durante uma quinzena

---

6 Hannah Arendt: "Toda a arte (da propaganda totalitária) consiste em utilizar, e ao mesmo tempo transcender, os elementos de realidade e de experiências verdadeiras emprestados da ficção escolhida, depois em generalizá-los para os tornar definitivamente inacessíveis a qualquer controle da experiência individual. Graças a essas generalizações, a propaganda totalitária estabelece um mundo capaz de fazer concorrência ao mundo real, cuja grande desvantagem é não ser lógico, coerente e organizado." Ibid. pp. 88-89. [Nota de Françoise Morvan]

de meses, uma massa de mensagens, relatórios e resoluções destinadas a conseguir dos moradores dos colcozes um esforço intenso para garantir ao país belas colheitas em 1947. Ora, enquanto a fome assolava a Ucrânia, o ouvinte, bem acostumado, no entanto, aos hábitos soviéticos, ficou assombrado ao ouvir as rádios de Moscou e de Kiev logo celebrarem as maravilhosas colheitas obtidas em 1946 na Ucrânia. Melhor ainda: durante meses a rádio local de Kiev em ucraniano divulgou todas as manhãs listas de moradores de colcozes desta ou daquela região da Ucrânia, condecorados por terem recolhido magníficas colheitas que nunca existiram.

Atualmente, seja em russo, em inglês, espanhol, alemão, português etc., pode-se ouvir a rádio de Moscou celebrar diariamente "a alegria de viver dos habitantes das repúblicas bálticas", "a excepcional liberdade de que gozam os escritores, músicos, e artistas da União Soviética", ou ainda tecer "paralelos" entre as condições de vida paradisíacas na URSS e a "miséria atroz, a escravidão etc." que são o quinhão dos desafortunados cidadãos dos Estados Unidos.

Em suma, tudo se passa como se a realidade não devesse existir ou, pelo menos, como se o verdadeiro objetivo buscado fosse corrigir a humanidade de sua indesejável propensão para constatar que o que existe, existe. Por mais terrivelmente paradoxal que possa parecer, diríamos de bom grado que, em comparação com esse projeto, a mentira é algo simples, até mesmo sadio.

Quando um governo lançava pelo rádio (ou por outro meio) uma contra-verdade, era com a esperança de que a proposta que ele avançava seria acolhida como verdadeira, e daria lugar ao êxito deste ou daquele projeto político. De agora em diante não se trata mais de nada disso.

Para obter melhores colheitas em 1947 não era preciso inventar maravilhosas colheitas ucranianas em 1946. Durante nossa estadia na Rússia, pudemos constatar que são muito poucos os operários russos a darem algum crédito às terríveis descrições que lhes fazem de seus camaradas no exterior. Os que escrevem hinos à "excepcional liberdade artística na URSS" não acreditam numa só palavra do que dizem e poucos ouvintes no interior da Rússia correm o risco de cair nessa (o mais estranho nessa história é que os mitos propagados pelas rádios russas só encontram crédito numa certa parte da humanidade não russa).

Chegamos a uma determinada constatação, que não deixa de ser uma verdadeira revelação: enquanto o mentiroso só deseja que se acredite em sua mentira, aqui tem-se a sensação de que muitas das afirmações difundidas pelas rádios russas do interior *são escolhidas precisamente na medida em que se sabe que não serão levadas a sério*. Quem não percebe que nos encontramos num plano muito superior ao do logro?

Para compreender a operação, imaginem que todos os parisienses levam uma vida de escravos miseráveis e têm de ouvir diariamente (pois vimos que os russos *são obrigados* a ouvir) as rádios dizendo que a vida em Paris é deliciosa, maravilhosa, paradisíaca – que *só* essa voz aérea possa se fazer ouvir, que dia após dia os parisienses se enterrem mais e mais profundamente em sua miséria e que, dia após dia, seja mais alta e peremptória a voz a proclamar que os parisienses são felizes, felizes e ainda mais felizes. Tal voz acabaria se tornando o próprio símbolo da prisão e da escravidão – e uma ameaça de loucura.

Antes de prosseguirmos, sublinhemos uma razão suplementar da eficácia desse procedimento. Quando de nossa estadia na Rússia pudemos constatar o tempo todo que as pavorosas descrições do mundo não russo eram exatamente as mesmas descrições da situação verdadeira na Rússia. Nesse mesmo momento, as rádios russas difundem declarações de armênios, de russos, de bielorrussos, de ucranianos que voltaram recentemente para a URSS; em todos esses textos os novos cidadãos soviéticos pintam com as mais sinistras cores a vida que levaram no Canadá o nos Estados Unidos, isto é, são obrigados a descrever sua vida atual na Rússia como sendo a que viveram no exterior. Os ouvintes do interior da Rússia sabem que tais descrições são falsas, que só são adequadas à sua própria vida, mas não há nenhuma esperança de que o reajuste jamais seja feito. Eles têm a impressão de terem sido expulsos da realidade – e, de certo modo, de terem sido "alienados".

À luz dessas menções surge, diga-se de passagem, a verdadeira natureza do que os trotskistas chamaram "a calúnia stalinista". As vítimas dessas famosas operações geralmente perderam tempo demonstrando que seus adversários propagavam, sobre elas próprias, acusações de evidente falsidade; geralmente não compreenderam que essas acusações tinham sido escolhidas precisamente porque eram falsas. Por meio da própria gratuidade das acusações, tratava-se de retirar dos inculpados qualquer meio de defesa. Não se tem domínio sobre o irreal. (No mesmo sentido, os Russos que recusaram delatar são perseguidos como delatores.)

Escrevemos anteriormente que nos encontramos num plano *muito superior* ao da mentira. Empregamos esse adjetivo em seu sentido mais adequado, pois estávamos pensando numa verdade metafísica.

Aquele que mente deseja que nele acreditem, isto é, respeita nos outros o sentido da verdade e até mesmo frequentemente o estimula. Mas um projeto gigante, que tem por essência a vontade de escolher sistematicamente afirmações na medida em que se tem certeza de que ninguém acreditará, dissolve radicalmente a faculdade de compreensão do real, fazendo-a parecer risível e infinitamente inútil. Mesmo usando toda a imaginação possível, é difícil conceber melhor maneira de fazer com que os homens sintam que sua consciência não tem mais nenhuma razão de ser e não passa de um vestígio grotesco. Trata-se de uma liquidação do entendimento humano. Mesmo que esteja sendo tentado pela primeira vez na história da humanidade, um projeto desses leva, no entanto, há séculos e séculos, um mesmo nome: a investida de Lúcifer contra o homem.

Não formulo de modo algum tal julgamento colocando-me do ponto de vista das religiões constituídas. Tento apenas viver a batalha interior que devem travar muitos russos quando ouvem os ditos extra-humanos que se abatem sobre eles com amplitude babiloniana. Eles sentem que o objetivo efetivamente perseguido é a dissolução do espírito pelos desgraçados que, manejando o fogo e a espada exterminadora, pretendem o tempo todo impor à humanidade sob seu domínio a prova de que são condenados e de que todas as suas palavras estão envenenadas: "Constatai isso dia e noite e sabei que vós deveis viver conosco, com nossas palavras e somente com nossas palavras, e que vos tornareis semelhantes a nós, pronunciando as mesmas palavras que nós e não conhecendo mais qualquer outra."

O que contribui com força total para essa guerra conduzida contra toda consciência é que, por meio de um ardil de admirável perfeição, ela é dissimulada sob uma ideologia materialista. O marxismo é a máscara que cobre uma operação que é, efetivamente, o oposto do materialismo. Trata-se na verdade de uma operação espiritual pelo avesso. Dentre todos os homens, aqueles imbuídos da ideologia marxista são os mais irremediavelmente incapazes de perceber isso.

Seria possível reconstituir o que se passa no interior da URSS a partir dessas rádios? Tal pergunta traz à baila duas respostas contraditórias, segundo o sentido que se dá à palavra informação.

Colocando-nos do ponto de vista das concepções não russas de mundo, fica claro que, salvo raríssimas exceções, os programas soviéticos para o interior não fornecem indicação alguma sobre a situação real na Rússia já que, por definição, eles exercem o papel de substituir essa realidade por um mito; eles estão sistemática e radicalmente separados da vida. Isso pode parecer difícil de imaginar: mesmo assim, examinemos nas informações fornecidas por essas rádios aquelas que, aparentemente, se adaptam à mentalidade atual do mundo soviético. Penso aqui nos inúmeros relatórios, cifras e estatísticas citados diariamente por Moscou: a enxurrada, a orgia obsessiva de dados numéricos pode seduzir os espíritos que não têm ou não gastam tempo para refletir. Mas a partir do momento em que se tenta captar o real através desse universo de estatísticas, percebemos não só que as cifras precisas podem ser uma forma refinada da falsa informação, como também que tais cifras só têm a aparência de cifra, e que na verdade nem sequer são cifras, mas apenas escárnio de cifras. Assim, todos os dias as rádios russas interiores anunciam que esta ou aquela fábrica, este ou aquele colcoz ultrapassaram de tanto a sua produção de tal ano, e se comprometeram a ultrapassar de tanto a produção do ano corrente. Um certo colcoz recolheu por hectare uma quantidade de cereais superior em tanto à que foi colhida no ano anterior. Em outras palavras, indica-se apenas uma relação entre duas cifras que não são fornecidas, o que equivale exatamente a fornecer apenas um elo abstrato entre duas ausências. Quanto ao lugar ocupado pelas informações realmente válidas (comprimento desse ou daquele canal, progresso na eletrificação dos campos, no fornecimento do gás nos grandes centros urbanos etc.), ele é ínfimo.

Em contrapartida, as rádios russas atestam inconscientemente o caráter real do projeto perseguido por Moscou. O oceano de exercícios de retórica criado com vistas a diluir a consciência de todo indivíduo não contém nada de apreensível pelos "ocidentais". Estes ainda perdem tempo pensando que a imprensa e o rádio são feitos para informar ou para distrair. Mas para homens que, como os ouvintes russos, submetem-se aos sofrimentos que amanhã serão talvez os da humanidade inteira, o sentido desse trabalho verbal não deixa nenhuma dúvida. Trata-se de dissolver a consciência deles. Mas esse objetivo não é atingido na realidade. Pois, endurecendo-se contra esse investimento perpétuo, os melhores dentre eles se refugiam no que há de mais puro em si próprios e, se nos atrevemos a dizer, descem às catacumbas. Não importa o que os psicotécnicos das rádios russas façam; eles não podem impedir que seu sucesso no aniquilamento da informação tal como concebida no velho mundo dê lugar a uma "informação" válida de outro modo, de outro modo positiva, e que se situa num plano muito superior.

Por meio das perpétuas repetições e reiterações das rádios russas do interior, percebemos, dia e noite, uma obstinação sem nome para atrair ou reter nas malhas do projeto milhões e milhões de homens que sabem (são ainda os únicos a saber no mundo) o que está realmente em jogo, que puderam atravessar "para o outro lado" e que não podem mais ser "apanhados". Em suma, por mais surpreendente que isto possa parecer, poderíamos dizer que os espiritualistas negativos do Politburo foram maravilhosos e insubstituíveis colaboradores para a formação de uma espiritualidade positiva.

Ocorre que, em virtude de uma convergência singular, as rádios russas parodiam o tempo todo a linguagem religiosa, litúrgica até. As "mensagens a Stálin", "os registros" etc., são calcados nas litanias; as expressões rituais são difundidas dia e noite, sempre idênticas, milhares e milhares de vezes há anos, e exige-se diariamente dos russos que as repitam. As rádios russas do interior assemelham-se, tão exatamente quanto é possível imaginar, aos "moinhos de preces" do Tibete. Trata-se de um **desencadeamento cientificamente calculado de forças mentais obsessivas.**

A confrontação das rádios russas de um ano para outro demonstra que essa repetição constante das mesmas fórmulas não para de se acentuar; neste mesmo momento, se o ouvinte aceitar se desfazer de todos os conceitos mentais do mundo não russo, tudo se passa como se os senhores do projeto exigissem de todos os russos, sem nenhuma exceção possível, que participassem permanentemente de uma gigantesca missa negra. O que dizer disso tudo? A obstinação cada vez mais fanática para repetir e fazer repetir à força as fórmulas mágicas só pode ter uma única causa: a recusa profunda, indomável, de homens que sabem e dos quais só se pode obter a aquiescência externa das orelhas, dos olhos e dos lábios. A rádio russa nos revela a separação entre uma humanidade que não quer ouvir nada e os senhores que, possuídos por sua própria fúria, tentam desesperadamente se fazer ouvir.

\*

Graças à escuta obrigatória permanente do Verbo assassinado, os russos acabam sendo os primeiros a serem salvos; assediados há tantos anos num inferno medieval por dezenas e dezenas de seres de propaganda que, sem parar e sem descansar, se revezam à espreita de uma nova fatia de espírito a ser devorada, eles sabem de que tipo de guerra se trata. Perante o mais humilde operário russo, os bolcheviques não passam de pretensos nobres completamente enfeitiçados por suas próprias fórmulas de feiticeiros, de tipos indizivelmente grotescos como Courtade, repisando encantações xamânicas.

É – infelizmente! – o mundo não russo que constitui o maior perigo: este ficou para trás até desses retardados supremos que são os bolcheviques. Para ficar numa única prova: ele de algum modo ainda aceita as descrições da realidade propagadas por aqueles que representam essencialmente, e quase metafisicamente, a vontade de extirpar em todo homem qualquer sentido da realidade; ele luta aceitando os termos dos que decidiram estabelecer a ditadura do não sentido sobre todos os cérebros. Os anti-stalinistas do mundo não russo surgem no momento certo para prolongar a vida do que Stálin é, do que há muito tempo está morto na Rússia.[7]

---

7   Stálin morreu em 5 de março de 1953. [Nota de Françoise Morvan]

Por sorte, o Plano do Espírito nunca se encontra com os planos de destruição do Espírito. Isso eu percebi na Rússia. Isso descubro todos os dias e todas as noites, ao me manter prostrado sob a explosão incessante das palavras assassinadas.

> E a cidade foi tomada de confusão e precipitaram-se em massa para o teatro [...] e a maior parte deles não sabia por que tinham se reunido. [...] Uma só voz surgiu da parte de todos e gritaram, durante cerca de duas horas: "Grande é a Diana dos efésios!"
>
> *Atos dos Apóstolos (At, 19:29-34)*[8]

O bolchevismo não é ateu, não é materialista: é divino às avessas. Seria preciso ser tão incrédulo quanto um homem da igreja para não perceber que o que está sendo perpetrado tão claramente em toda parte é a chantagem contra o Viver-em-Deus.

Moscou no rádio é o magnetismo, o hipnotismo, o ocultismo, o faquirismo, o fetichismo. Isto implica em poderes perfeitamente reais: fazer agir à distância indivíduos e multidões destituídos de sua vida a mais natural, dessensibilizar e falsificar o sentido de todas as palavras, sugerindo que o derradeiro sustentáculo dos pensares está nessas palavras assassinadas, levar milhões e milhões a colocar sua Fé a serviço da má-fé, fazer repetir obsessivamente por povos inteiros tomados pelo transe fórmulas de enfeitiçamento etc., etc. Stálin não passa de chefe

---

8 Tradução de Frederico Lourenço, modificada. [N.E.]

da humanidade primitiva. Que pena! Os Politburos, esses agrupamentos de faquires, fugiram do Kremlin; em toda parte eles são a areia e o vento que se fazem passar pelo Espírito numa humanidade de não humanidade. Celebrações de ocultistas são organizadas em todos os países; na ordem invertida da alienação mental, nessa Austrália primitiva que se tornou o mundo inteiro, as grandes datas são os únicos dias faustosos.

O menor pedacinho de terra firme ainda absolutamente vedado às operações espiritualistas negativas parece tornar-se, dia após dia, um apertado lote cada vez mais ínfimo. Por menor que se torne, será sempre campo suficiente para os labores do espírito. Se esse pequeníssimo lote não se deixar transformar em lote louvado, aprovado e condecorado, os anarquistas e Deus, os poetas e os religiosos, os vagabundos e os aristocratas, e ainda os que são infelizes a ponto de não haver mais ninguém no mundo capaz de sabê-los infelizes e ainda, enfim, de novo os anarquistas e Deus, se tornando companheiros e se comportando de modo a parecerem ateus aos olhos dos seixos — todos esses seres em estado de graça farão de tudo para que haja *Não, não, não! Três vezes não!* retorquido a todas as proposições de qualquer-homem-ambicionando-passar-por-Deus.

# O belo fogo
# de madeira incandescente

— Sua situação é ouvir todos os dias *nada*, e um *nada* extremamente cansativo.

— O diabo me diverte. Suas brincadeiras me alegram.

— E você mantém um registro das tolices dele. No entanto sua situação continua sendo escutar *nada*.

— A ultraescuta de *nada* me faz ouvir tudo.

— Você ouve o que ninguém ouve.

— Ouço o que todos ouvem, com exceção de alguns revoltados que ocupam o poder; estes, extremamente ananguélicos, fazem cair sobre o mundo inteiro, sem um único segundo sequer de descanso, a monótona chuva da sublinguagem.

— Deixam-no livre para dizer que nada é verdadeiramente dito em tudo o que é dito; e até mesmo deixam-no livre para dizer que não há nada verdadeiramente livre em todas essas licenças de dizer *nada*. Mas você vai parecer feito de Espírito. Isto não é permitido, e é até punido. Nesta época quem não é louco se singulariza, se faz notar pela séria atenção das autoridades, elas vão radarizá-lo.

—Aquele que é verdadeiramente livre não tem o que fazer dessas liberdades. A liberdade é o que está ou não na consciência dos homens e, por conseguinte, ela é essencialmente o que não pode ser garantido ou destruído pelo mundo exterior. Aquele que é verdadeiramente livre não se deixa persuadir de que as prisões existem: são produtos da imaginação desenfreada dos desesperados que ocupam o poder. Na era do Assassinato do Verbo, a liberdade consiste em fazer de tudo para operar a salvação do sentido das palavras.

— Você é culpado de bom senso. Você é ou teólogo ou anarquista.

— Sou um por ser o outro, e sou o outro porque sou o um.

— Em suma, você acredita que o Diabo é um arrumadinho, um janota, um garotinho e, para completar, um espertalhão.

— Sim, é verdade.

— Você se opõe aos feiticeiros, aos magos de toda espécie. Você não tem medo de nada?

— Não, eu rio.

— Você combate no plano ontológico. Portanto podemos arranjar um jeito de dizer, em seu detrimento, que na realidade você se limita a inaugurar um novo gênero literário: o da sátira metafísica.

— O *Figaro* vai ficar enfezado mais uma vez. Não estou inaugurando absolutamente nada. Há sete séculos São Tomás de Aquino, poderosamente anarquista e poderosamente pacífico, respondeu a um maluco acometido pela propaganda católica que o intimara a opinar se era verdade ou não que, no paraíso, os nomes de todos os bem-aventurados estavam inscritos num estandarte branco estendido no lugar adequado: "Até onde sei não se trata disso; mas não faz mal supor que há".

— Foi ele punido por crime de bom senso?

— Ele era todo sorriso; sorriso, era oração; sorriso e oração, era luz. Ele foi visto. Ninguém ousou.

— Mas de que é feita sua própria escuta, além das escutas e até das ultraescutas?

— De um belo fogo de madeira incandescente com sua história interior de capa e espada e sua cabeleira, onde vejo a da mulher que gosto de amar. E essa mulher torna-se esse fogo; ouço o meu amor crepitar por ela chama por chama; minha alma habita um calmo átrio.

1945-1950

# TEXTOS COMPLEMENTARES

Armand Robin

# TEXTES
# COMPILE
# NEV
# TABES

Armand Robin

# A rádio internacional
# e o silêncio totalitário

Não falaremos aqui da rádio francesa atual: não se fala do nada. Nosso tema será a rádio internacional em todas as línguas.

O homem estava muito orgulhoso de ter inventado, dentre tantas novas máquinas, "a máquina de falar": acreditava que enfim lhe falariam melhor, que ouviria melhor; o destino primeiro do novo instrumento parecia ser de fato, dizer algo.

Ele não contara com a diminuta camarilha dos governantes; todos os governantes dessa época expulsaram Deus da terra, mas foi para se instalar em seu lugar: a Verdade é o que está a seu serviço, a Boa palavra é tudo o que embrutece a consciência em seu próprio proveito; estamos diante de uma tentativa sem precedente de desumanizar a humanidade. É por isso que podemos pegar programas de rádio em qualquer língua, nunca ouviremos nada sobre os verdadeiros dramas da humanidade atual; tudo se passa como se em todos os países os governantes preparassem algum enorme plano e tomassem todas as medidas para que nenhuma palavra autêntica pudesse emergir das trevas em que, artificialmente, eles mergulharam todos os homens; os senhores do mundo decidiram que, em nenhum caso, nenhuma palavra viria despertar os homens do pesadelo que lhes é imposto.

O processo totalitário, no campo da palavra assim como em todos os outros campos, começou pela Rússia e de lá se estendeu pouco a pouco a todo o resto do mundo. Antigamente eram o catolicismo e seus padres materialistas que se encarregavam de demolir as consciências, inculcando-lhes não sentimentos religiosos, mas um catecismo: aqueles que se apropriaram do "poder", do demoníaco "poder", na Rússia de 1917 foram os primeiros a considerar que o novo instrumento não devia dizer a verdade, mas propagar erros inúteis; não servir à liberdade do homem, mas ser mobilizado para defender o neoconservadorismo. O poder soviético colocou "ajudantes" à frente do rádio; e daí em diante pôde haver fome, deportações, campos de concentração, grevistas metralhados (37 mil em 1940 em Porto Soviético),[1] consciência proletária impiedosamente achincalhada, o ajudante de serviço nunca deixaria sair nada: a única coisa que saía era o "reclame" para o ajudante.

O processo de "totalitarização" do mundo se acelerou na última década, tendo o exemplo russo ganhado todos os países. Há alguns anos a rádio internacional era diversificada; por exemplo, um programa da meia-noite de Nova Iorque era muito diferente de outro, da mesma estação, às vinte horas. Há uns dois anos, mais precisamente após a famosa "liberação", a rádio internacional só deixa aparecerem dois ou três grupos de argumentos, sempre os mesmos, sempre uniformemente "dirigidos"; o rádio torna-se assim não um meio de enriquecer o espírito humano, mas um instrumento para o empobrecer, propondo-lhe insistentemente uns três ou quatro problemas

---

1 Sovetskaya Gavan (literalmente, Porto Soviético) é uma cidade no extremo leste da Rússia. [N.E.]

abstratos e falaciosos. Que pena! E este silêncio quase total não é exterior à rádio; ele é o testemunho fiel de um mundo que está se tornando, e nós não nos insurgimos, "um cenário político", um mundo que está se tornando uma só e única "aldeia de Potemkin". Outrora, apenas a rádio soviética era assim tão muda, tão inútil e fortemente robotizada; hoje, em qualquer comprimento de onda é o mesmo catecismo mecanizado. Consideramos neste caso como um fenômeno secundário o fato de que subsista ainda alguma diferenciação aparente entre as emissões do "bloco" anglo-saxão e as do "bloco" soviético; esse termo "bloco", aliás, deve bastar para nos advertir: trata-se nos dois casos de uma rádio massiva, compacta, impenetrável, de uma rádio na qual nenhuma fala autêntica tem chance de penetrar; trata-se, nos dois casos, dos mesmos ajudantes.

Esta "potemkinização" da voz humana, que se instalou há uns trinta meses em todo lugar (ou melhor, da qual pudemos captar os primeiros sinais evidentes nesses meses), constitui uma ameaça mais grave ainda para o espírito do que temos dito até o momento: ELA CORRESPONDE A UMA DEMANDA DA HUMANIDADE: SE HÁ GOVERNANTES QUE EXIGEM A TOTAL, A TOTALITÁRIA SERVIDÃO, É PORQUE OS PRÓPRIOS HOMENS ESTÃO CANSADOS; chegamos à conclusão de que em todos os países o homem deste "pós-duas-guerras", esmagado e desmoralizado, se demite da sua condição de homem, que no seu estado de extrema extenuação ele aspira não a se fortificar, mas a se atordoar, que necessita para a sua agonia não de palavras verdadeiras que o revigorem, mas de um ópio de retóricos capaz de "dopá-lo" bastante durante todo o tempo de seu coma. Em todas as línguas, em todos os países a rádio comprova que em qualquer lugar o homem cede à tentação contrarrevolucionária, desiste de seu futuro, aceita por exaustão tornar-se mudo, necessita de frasistas que o entretenham toda manhã com o nada; o homem fica tentado a ceder diante de um punhado de políticos que falam a qualquer hora para nada, a ouvir com respeito, como um Evangelho, uma rádio que seja como todo o resto dessa queda de uma civilização, um cenário criado artificialmente para lhe esconder sua condição desesperada e sua viagem de perdição.

Mas se o silêncio se torna total, ele tem de salutar que a menor voz que o rompa se torne uma voz muito mais poderosa. Se invertemos o nada, ele dá origem ao Todo; se alguns homens livres se insurgem contra a tirania dos maus senhores para nomeá-la como tirania, ela terá finalmente contribuído para que a liberdade seja mais uma vez afirmada. Assim, a rádio atual negada e recusada em cada país por um punhado de espíritos livres pode oferecer a prova, graças a essa negação e a essa recusa, de que o silêncio mais totalitário pode ser vencido, de que ele será vencido.

*Le Libertaire*, 19 de abril de 1946

Ultraescuta 1955

De ameaçador, o universo das declarações radiofônicas se fez sorridente; eis-nos adornados por palavras floridas, dispostas para o ouvido em canteiros variados; desejam nossa felicidade, nosso entretenimento, não pretendem mais nos impor a menor fórmula obsessiva; eis o inferno das propagandas radiofônicas substituído por um jardim de recreio verbal; "a donzela soviética" ali canta e dança "a valsa do soldado soviético".[2]

Estudaremos esse novo estado de coisas instaurado há quase dois anos a partir das rádios russas, uma vez que estas continuam a fazer depender de si próprias as rádios oponentes.

## I

O "declínio" da propaganda totalitária nas rádios russas começou a partir da morte de Stálin e se acentuou ao longo dos últimos meses a ponto de, no presente momento, parecer total pelo menos na imensa maioria dos casos. Atualmente o russo

---

2 Títulos de duas canções sentimentais difundidas ao longo dos três últimos meses pelas rádios do interior russas. [Nota de Armand Robin]

está mais livre de palavras de ordem, slogans, afirmações do catecismo político que qualquer outro cidadão do resto do planeta. Essa revolução inesperada, que suprime radicalmente todo o delírio verbal stalinista, foi mais longe do que geralmente até agora se declarou. De repente, as ondas de afirmações agressivas também "definharam" em quase todas as rádios do mundo não russo.

Eis-nos livres das propagandas sistemáticas, fanáticas, estúpidas. Infelizmente, nós não fomos poupados das ondas de comentários superficiais sobre o "declínio" brusco dessas propagandas.

Alguns viram nisso uma volta dos dirigentes comunistas russos ao dogma do "declínio" do Estado. Outros invocaram as "dificuldades econômicas" russas para explicar o tom mais conciliador dos dirigentes soviéticos. Para outros ainda, a tenaz resistência dos EUA e da Europa ocidental levaram Moscou a falar uma linguagem mais razoável. Há talvez algo de exato nessas explicações, mas elas se situam no plano da política.

Se nos colocarmos num plano um pouco superior, veremos bem que, desviando-se bruscamente da linguagem stalinista, os dirigentes atuais do mundo russo mostraram todo o interesse em adotar uma "tática de osmose" em relação aos modos de pensar e de falar dos dirigentes do mundo ocidental. Começando subitamente a se exprimir como nossos governantes e nossos jornalistas, eles puderam recuperar em pouco tempo uma parte do crédito que Stálin os tinha feito perder.

Se nos elevarmos num plano humano, podemos também pensar, ao escutarmos as principais rádios da época pós-stalinista, tanto "comunistas" quanto "capitalistas", que os adversários aparentemente se cansaram da guerra verbal insensata do pós-guerra, dessas ondas de injúrias homéricas sem Ilíada. Mantendo-nos sempre no mesmo plano, podemos considerar que o temor da guerra atômica e termonuclear teria sido o início da moderação para os responsáveis pelos dois maiores estados do mundo atual. Enfim, para os russos, Stálin era o Laniel supremo.[3]

Todas essas explicações têm seu valor, mas me parece que elas não chegam a tocar o essencial; e, sobretudo, continuam sendo inclusive as últimas no plano da política, isto é, daquilo que por definição não tem qualquer realidade.

## II

Em ultraescuta dessas escutas, percebo o estado presente do mundo sob aspectos que não têm muito em comum com os pontos de vista geralmente expressos tanto no mundo russo quanto no mundo "neutro".

Conhecemos as fórmulas corriqueiras: "o cansaço do povo francês" ou "o cansaço do povo russo" ou "o cansaço da raça branca". Curvado sob as escutas no curso dos últimos meses, achei que já era tempo de conferir a esse gênero de fórmula uma outra forma: "*o cansaço dos governos*".

Está fora de questão que um governo queira renunciar por si próprio ao poder, ou fazê-lo enfraquecer; faz parte da natureza dos dirigentes das nações trabalharem não apenas pelo

---

3 Presidente do Conselho em 1953, Laniel se concedeu plenos poderes, porém teve de pedir demissão após a derrota de Diên Biên Phû (junho de 1954). [Nota de Françoise Morvan]

seu poderio, mas pelo crescimento do conceito de Poder. Em suma, é inconcebível que os representantes supremos do amor ao Poder se convertam, por um mínimo que seja, à ideia de que "o Poder é maldito".

Inevitavelmente, o que se segue é: se os dois maiores governos do planeta renunciarem de repente, espetacularmente, num palco teatral, tendo como público a humanidade inteira, àquilo que constituía da maneira mais oficial o seu principal meio de vida ("o anticapitalismo" para um, "o anticomunismo para o outro), não será certamente em favor do ideal do Não Poder. ELES SÓ PODEM RENEGAR SUA CONCEPÇÃO DO PODER EM FAVOR DE UMA CONCEPÇÃO DA POTÊNCIA POR ELES CONSIDERADA MAIS APTA A SALVAR O ÍDOLO.

Dando prosseguimento ao nosso raciocínio, não tardamos a encontrar a seguinte ideia: nem Moscou nem Washington renunciariam ao triunfo universal do "anticapitalismo" ou do "anticomunismo", mesmo ao preço de uma guerra atômica ou termonuclear, se eles só levassem em conta os interesses das populações ameaçadas; no curso da história, as classes ou castas dirigentes nunca hesitaram em desencadear guerras, persuadidas que estavam de que elas mesmas não seriam atingidas por essa destruição. SE OS GOVERNOS AMERICANO E RUSSO NO SEU MAIS ALTO ESCALÃO VIRARAM AS COSTAS À GUERRA ATÔMICA E TERMO-NUCLEAR, FOI SIMPLESMENTE PORQUE FORAM TOMADOS PELO TEMOR POR SI MESMOS E PELA PRÓPRIA NOÇÃO DE PODER: NUMA GUERRA DESSAS NÃO HAVERIA MEIOS DE MANTER GOVERNO. Em outras palavras, Washington e Moscou concordaram em salvaguardar a ideia de que o Poder enquanto tal é o valor supremo e que a manutenção desse "valor" vale bem qualquer palinódia, qualquer renúncia a todas as gigantescas propagandas com as quais importunaram o mundo inteiro durante tantos anos, e em nome das quais ele desencadeou aqui e ali massacres absurdos e inúteis.

Ao fazer tal escolha, acabaram assim mesmo renunciando: a conferência de Genebra foi o seu Canossa[4] diante dos técnicos da energia atômica, da energia termonuclear e de outras novas fontes de energia. Além disso, é possível (isto deveria ser creditado à inteligência deles) que os chefes supremos da Rússia e dos Estados Unidos tenham obscuramente percebido que, nos últimos anos, os senhores das novas técnicas se apoderaram clandestinamente do verdadeiro poder; pode ser até que os governos dos Estados Unidos e da Rússia tenham tenebrosamente entrevisto que os "governos políticos" já não passavam de organismos caducos, excrescências de uma era primitiva, de "superstições"; em consequência, os representantes supremos das forças do Leviatã social decidiram em comum acordo passar o poder àqueles que Pawlowski, na sua "viagem ao país da quarta dimensão", denominava "os Sábios absolutos". (Analogamente, inclinando-se por instinto diante de um novo estado das forças que destruíam suas concepções de relações de forças, os senhores feudais das aldeias encerraram suas batalhas paroquiais "diante da civilização industrial").

Jornalistas, diplomatas e especialistas das "chancelarias" discutem atualmente para saber se a "distensão" é real ou não, se é durável ou não. Quanto a isso, continuam na era do Leviatã.

---

4 Canossa é um castelo italiano no qual o imperador Henrique IV da Alemanha pediu perdão ao Papa Gregório VII por ocasião da Querela das Investiduras em 1077. A expressão *aller à Canossa* significa humilhar-se diante daquele a quem inicialmente se resistiu. [Nota de Stella Senra]

Se nossa ultraescuta é correta, "a distensão" não é relativa, *é absoluta,* no sentido de que os dois governos mais poderosos do mundo abdicaram secretamente em benefício dos "sábios absolutos". É a razão profunda que, sozinha, pode explicar por que as rádios russas abandonaram em dois anos qualquer propaganda — a razão profunda que, sozinha, pode explicar que na Rússia o Partido e o governo falam de dar todo o poder nos colcozes aos "técnicos" da agronomia e da "zootécnica" etc.

## III

A luta contra "a palavra falsa" assume de agora em diante um novo sentido: o da luta da matemática qualitativa contra a matemática quantitativa. (Ela será particularmente difícil na França, onde o Poder político vai vegetar sem esperança e sem nenhuma consciência da situação "pré-histórica").

Com certeza seria tempo perdido defender os governos contra os tecnocratas. No entanto poderíamos ser tentados a isso, como outrora foi tentada a defender contra o construtor de centrais hidroelétricas a criança que gosta de fazer brotar o fogo esfregando sílex. Além disso, os governos tinham algo em comum com nossas paixões, nossas cegueiras, nossas versatilidades, nossas impulsividades; eles cometiam erros, o que consolava cada cidadão fraco. Estava bem evidente, pelo menos nos últimos tempos, que eles não sabiam mais como proceder, que estavam "ultrapassados". Depois (eles ficariam furiosos com esse elogio!) eles constituíam, apesar de si mesmos, um tampão entre os distraídos, os sonhadores, os apaixonados, os poetas, os artistas, os religiosos por um lado, e os fanáticos de uma cerebralidade inumana por outro. Enfim, esses governos, nós os conhecíamos, vagamente sem dúvida, enquanto esses novos senhores, temos a impressão de que os governos temem conhecê-los e que, por consequência, se interpõem para que nós não os conheçamos.

O que nos deve impedir de defender esses governos ultrapassados é que a abdicação deles não resulta de modo algum de uma constatação da vaidade de tudo o que é Poder; mas, ao contrário, de um reflexo que se presta a manter o Poder a qualquer preço, nem que seja ao preço de uma transferência a uma outra forma de potência. Agora que o apetite de dominar deixa completamente de ser deles, não o destroem em si mesmos por uma purificação corajosa, mas o delegam a outros.

No decorrer de nossas escutas desses dois últimos anos pudemos constatar muito frequentemente que as rádios mais polêmicas (Moscou, Belgrado, Madri) adotavam uma atitude "indiferente" em relação à evolução da situação política internacional; dir-se-ia, ao ouvir, que as agressões verbais maciças emanando dos poderes de caráter político "esvaziavam" o planeta. Isto teve sua origem no fato de que, por razões completamente diferentes daquelas com as quais nos defrontávamos sob a ocupação alemã e sob a tentativa de alienação mental de toda a humanidade no tempo de Stálin, os governos só podiam falar uma linguagem da qual toda a potência foi retirada.

## IV

Os governos, mesmo os que se proclamam materialistas, conheciam o valor das palavras que brotavam do coração com amor ou revolta; eles as esmagavam ou utilizavam segundo seus interesses do momento. Em seguida eles mesmos tagarelavam sem parar e faziam questão, de todas as maneiras, de que todos os seus "nacionais" tagarelassem no mesmo sentido.

Aqueles diante dos quais os dois governos mais poderosos do mundo se curvavam, esses não falam nada. Verdadeira ou falsa, eles nem mesmo desprezam a palavra: ignoram sua existência. Quanto à vida, sequer sonham destruí-la: ela não está nem nos seus cálculos.

Por menos vigilante que seja nosso espírito, por trás das rádios dos Estados Unidos e da Rússia percebemos *muito longe*, atrás das palavras dos governantes, esses novos senhores que esperam com uma certeza muda que os Partidos, as Igrejas, as Forças do Estado se dignem a se engajar mais na via que, na sua mudez inacessível, eles prepararam, — aranhas espreitando, em vez de moscas, os mais fantásticos chefes do Estado, da Igreja, dos Partidos.

*

O que está em jogo na luta a partir de hoje é obrigar os matemáticos quantitativos, senhores do Poder real, a recomeçar seus estudos. Comecemos por os confundir.

Ultraescuta 1957

Conheço, em toda a sua crueza, a condição de ter por vizinhos todos os que estão distantes.

A condição desses distantes é que eles não podem abrir mão de serem vizinhos – vizinhos em todos os sentidos: o vertical, o horizontal, o oblíquo e sobretudo o tortuoso. Eu os ouço se ensurdecer para se aproximarem.

Sim, a escuta das rádios do mundo que, por acaso, foi chamado de "marxista-leninista" deixa perceber claramente: tendo decidido que a nem um único cidadão seria permitida a oportunidade de se ouvir, os soberbos do século conseguiram perder seus ouvidos.

O chefe deve ser o primeiro a tornar-se uma ilustração débil, encarquilhada, de uma articulação verbal que produza bastante ruído por muito tempo. Stálin detinha todas as reservas desse estado; por ele, sobre ele e através dele passavam gigantescas vagas de palavras, sempre as mesmas.

Após sua morte, a melancolia marxista fez com que não se encontrasse mais ninguém tão apto para perturbar para sempre o sonoro nada.

Tito não pôs o mundo comunista em risco pelos motivos que nos propõem os mais espertos, mas simplesmente porque descobriu que tinha de reinvindicar seus ouvidos, que tinha de dizer (teria ele direito a isso? esse é um outro assunto): "Eu me ouço".

Quanto aos húngaros, são o próprio escândalo: não apenas querem produzir seu próprio ruído e se escutar, mas ainda pretendem ter *a sua* história. Ter uma história, ter *sua* história é o pior dos crimes.

E, decerto, deveria ser o inverso no caso desses que passam o mais claro do seu tempo a repetir que a "História" é seu valor supremo, que ela detém o valor de todos os sentidos. Infelizmente, eles não nos dizem e sobretudo não dizem a si próprios que essa "história" por eles divinizada é uma história longínqua, tão longínqua que se torna privação de história.

Mao Tsé-Tung vai mais longe. Segundo o pouco que eu capto por meio dos programas radiofônicos, ele deve julgar em seu foro íntimo que Molotov era um pouco fantasioso, que Stálin se deixou amolecer. Já ele, por sua vez, suprime pura e simplesmente toda história; para ele a humanidade não tem mais futuro, e mesmo o futuro está "fechado". Os fatos estão proibidos, é claro; há apenas uma espécie de eletrônica daquilo que, durante os quatro mil anos em que a humanidade foi dotada de uma história, teve o nome de "fatos"; a própria diplomacia deve se tornar ciência exata, com tantos milhares e milhares de vítimas considerados como sinais intermediários (do tipo "multiplicar por", "dividir por") das operações. O gênero humano inteiro reunido não deve mudar as equações. Mao, ou o delírio da matemática, o imperialismo mental do quantitativo.

Os poloneses, os húngaros, até os russos desejam um futuro. Mao intervém para mantê-los "acabados", para sempre mornos insetos sem esperança de humanidade: "Vocês ficarão como o nada perfeito, tal como definido pelo dogma. Os esquemas matemáticos não devem ter falhas." Ele acrescenta: "Vocês não perturbarão a ausência de História."

*N.R.F.*, abril de 1957

Boletim nº42, 1952

Robin    Segunda-feira 16 / terça 17 de junho 1952 Ano 1952,
boletim Nº 42

A SITUAÇÃO POLÍTICA INTERNACIONAL SEGUNDO AS RÁDIOS ESTRANGEIRAS[5]

\* : sinal de propaganda obsessiva
Boletim bi-hebdomadário. Tiragem: 29 exemplares.
Proibida toda utilização fora dos acordos estabelecidos.

\*

NOTA: por recomendação médica interrompi toda atividade durante 15 dias. Serão estas as minhas férias deste ano, com exceção de uma estadia de uma semana na Bélgica em julho (para preparar um programa sobre poesia em língua flamenga).

\*

—*Com quinze dias de distância. Duas constatações de ordem filosófica:*
Ao retomar a escuta das rádios domingo último, após uma interrupção de aproximadamente 15 dias, não tive nenhuma sensação de descontinuidade: as propagandas ouvidas após esses quinze dias se conectavam diretamente às propagandas

---

5  Este é o mais antigo dentre os boletins encontrados. Como esta apresentação em particular tem defeitos, reproduzimos apenas as três primeiras das seis páginas. [Nota de Françoise Morvan]

de antes. Isto era verdade sobretudo para as rádios do mundo stalinista; convém acrescentar que — num grau menor, no entanto — era igualmente verdade para a maior parte das rádios do "mundo ocidental".

Donde o sentimento de que o mundo atual, apreendido na sua essência através de sua manifestação radiofônica, se encontra sobre trilhos, avança lentamente sobre trilhos — o que faz com que seja possível "pegar de novo o trem" a qualquer instante.

Uma outra constatação me pareceu muito mais evidente após essa interrupção: a língua da propaganda stalinista é uma espécie de ESPERANTO, na medida em que as mesmas fórmulas são reencontradas em todas as línguas imagináveis; é como uma espécie de sublinguagem superposta a essas línguas, mantendo-se fora da vida profunda delas. A consequência limite disso é que, às vezes, podemos muito bem chegar a não mais prestar atenção à língua na qual a propaganda é difundida, podemos por exemplo passar do macedônio ao húngaro ou ao sueco sem ter tido a impressão de mudar de língua — o ESPERANTO, isto é, a **sublinguagem oficial da propaganda totalitária, pode passar, sem solução de continuidade, de uma língua à outra.**

— *A campanha pela "liberação de Jacques Duclos"*

Temos um exemplo muito bom dessa ausência fundamental de mudança no mundo radiofônico na campanha muito extensa e muito insistente, difundida constantemente por Moscou e as rádios satélites, em torno da prisão de Jacques Duclos.

Eliminemos de início, nessa massa de textos, os elementos que consideramos secundários:

a) – É em geral unicamente de Jacques Duclos que essas rádios se ocupam, se bem que se fale além disso do "terror policial desencadeado sobre o povo francês".

Mas na verdade, pelo menos nos programas ouvidos a partir de domingo, até André Still é negligenciado; quanto aos militantes obscuros presos, eles estão ou parecem estar abandonados.

**Simplificaremos o mundo mítico atendo-nos** unicamente ao "herói da luta pelo país": Jacques Duclos.

b) – Ouvimos falar de Jacques Duclos em todas as línguas imagináveis. E ouvimos falar também em todas essas línguas do *poderoso movimento do povo francês para exigir a libertação de Jacques Duclos, grande combatente pela paz* etc. Difusão de novas manifestações nesta ou naquela cidade na França sobretudo em russo, destinada a criar a impressão de que, efetivamente, um poderoso movimento de protesto se manifesta na França. Para tanto, utilização de informações (extremamente exageradas, como se sabe) publicadas na imprensa comunista francesa.

Mas fora tais aspectos dessa propaganda, gostaríamos de assinalar rapidamente que o leitmotiv, a fórmula-chave dessas emissões é:

*O poderoso movimento do povo francês para exigir a liberação de Jacques Duclos SE FORTALECE DIA APÓS DIA* (ou mesmo "DE HORA EM HORA", segundo o serviço de Moscou em inglês na tarde de ontem).

Com o uso constante dessa fórmula, voltamos atrás, somos conectados a uma das mais estagnantes rotinas da propaganda comunista: as fórmulas do tipo : *O poderoso movimento dos partidários da paz se reforça dia a dia*, ou então: *O interesse dos capitalistas, homens de negócio, banqueiros e economistas pela conferência econômica de Moscou cresce dia a dia*, ou ainda (há alguns anos): *a resistência do povo espanhol contra o regime franquista cresce dia a dia*. Essas fórmulas nos são muito familiares: ELAS REPRESENTAM UM ÍNDICE DE UM FRACASSO: aqui a máscara da linguagem da propaganda é fácil de tirar e não insistiremos.

— *A França vista do exterior*
— Não apenas A VOZ DA AMÉRICA, mas ainda FREE EUROPE (textos ouvidos sobretudo em húngaro) valorizam (e de fato promovem) as declarações feitas nos Estados Unidos pelo Sr. LETOURNEAU a propósito da Indochina. Longas citações do Sr. LETOURNEAU são difundidas à imprensa quando de sua chegada aos Estados Unidos.

Para o texto, nossos leitores podem reportar-se às suas fontes de informação habituais.

— Ver nas notas diversas uma curta informação da Radio Madrid sobre as relações entre a Espanha e as autoridades francesas do Marrocos.

— Esta manhã, difusão por todos os programas da BBC ouvidos (em inglês, espanhol, holandês, etc.) de um artigo do TIMES de hoje sobre "a cisão do partido gaullista na França". Conviria se reportar ao próprio texto do TIMES, já que a apresentação radiofônica de um artigo pode modificar sua natureza; no caso presente, o "leading article" do Times se apresenta de um modo muito severo em relação ao futuro do General De Gaulle; a passagem do texto do Times destacada é aquela onde se diz que "o último apelo evangélico do general De Gaulle não conseguirá grande coisa contra a corajosa tentativa feita pelo Sr. Pinay para colocar de novo as coisas em ordem". De acordo com esse texto, no entanto, prossegue a BBC, como o gaullismo é mais uma mística que uma ideia política, o general de Gaulle poderia de novo ser aquele para o qual os franceses se voltariam em caso de nova *guerra*.

Pede-se comparar com o texto publicado no Times.

[...]

Boletim nº9, 1955

Robin		Quarta-feira—quinta-feira, 9-10 de fevereiro
1955
					Ano 1955, boletim Nº 9

A SITUAÇÃO POLÍTICA INTERNACIONAL
		SEGUNDO AS RÁDIOS EM LÍNGUAS ESTRANGEIRAS

*: sinal de propaganda obsessiva
« »: citações literais segundo gravações magnetofônicas
Boletim bi-semanal, tiragem de 35 exemplares. Proibida toda utilização fora dos acordos estabelecidos.

VER UMA NOTA IMPORTANTE AO FINAL DO BOLETIM

*

— *Vista geral*

Atrasamos a redação deste boletim por causa dos acontecimentos que surgiram na Rússia. Esta noite (de quarta para quinta-feira) nos encontramos numa situação difícil no que toca às escutas: com efeito, há poucos elementos importantes a assinalar (e é até o inverso do número de informações "sensacionais", "jornalísticas" postas em circulação). Hoje vamos então tentar nos limitar a disponibilizar, da imensa massa radiofônica *confusa*, algumas constatações frias: eliminaremos os elementos bastante conhecidos, seja por meio da imprensa, seja pelos serviços das agências.

A) — Se é sincera, a surpresa das rádios do mundo ocidental diante da «demissão» de Malenkov testemunha de modo gritante a falta de seriedade das informações de que dispõem os governos ocidentais (e os jornais nem é preciso dizer).

Há exatamente onze meses, com alguns dias de intervalo, diversos programas russos para o interior muito pouco valorizados nesse universo radiofônico deixaram transparecer o papel que Khrushchov iria desempenhar (ver nossos boletins dessa data, principalmente a sua rubrica "A ascensão de Khrushchov").

*O pequeno fato excepcional*, quase imperceptível e geralmente despercebido (não ouvido, no caso das rádios) é exatamente (a experiência nos prova) aquilo a que devemos nos ater na escuta das rádios mundiais. Transposto para um plano metafísico, esse fato propicia a prova de que o mundo materialista o mais totalitário NÃO PODE DEIXAR DE SE TRAIR num momento ou noutro.

B) – Atualmente, as rádios do mundo ocidental estão "catastrofizadas" pela partida de Malenkov. É sobretudo a BBC que manifesta a mais viva ansiedade, enquanto as rádios norte-americanas tendem a "deslizar" sobre os acontecimentos russos.

Todas as aparências radiofônicas tendem a dar razão aos que se sentem angustiados no mundo ocidental (descarto a priori todos os "fazedores de hipóteses" que se permitiram tantas licenças nessas rádios). As rádios do mundo russo estão cheias de textos de Molotov (depois, de Bulganin etc., etc.) que retomam "a linguagem stalinista": o tom "chantagem" é neles retomado, como no tempo de Stálin (embora de modo menos ameaçador, mesmo se ficarmos nas aparências).

Ouvindo as rádios russas nos quatro últimos dias, participei por uma vez (confesso) da angústia dos "jornalistas" e dos "políticos". Ora, a realidade é um pouco o inverso:

C) – Livres de toda a fraseologia pseudostalinista, os textos divulgados pela central de Moscou ao longo dos últimos dias dão prova *de fato* de um esforço muito curioso para *lograr a tática da osmose*, inaugurada por Malenkov. O elemento *novo* que mais chama a atenção através desses textos é o apelo a um entendimento *com os parlamentares de todos os países*.

Em aparência, os textos difundidos tão demoradamente representam um "endurecimento": e todas as rádios "ocidentais" que os mencionam interpretam neste sentido as mudanças ocorridas na Rússia. Na verdade, trata-se de um *abrandamento* do stalinismo; através dessas rádios, KHRUSHCHOV aparece como um super-Malenkov, se quisermos nos dar ao trabalho de ir além das aparências.

D) – O que leva a acreditar com firmeza num "endurecimento" é o modo como a rádio central de Moscou, mesmo estando nas mãos de Bulgánin (Marechal da polícia!), está "de joelhos" diante dos pontos de vista de Pequim, voltou de novo a cobrir de injúrias rituais os célebres *imperialistas americanos*. Na verdade, se a confrontarmos com outros elementos dessas mesmas rádios, esta sujeição acabou por nos revelar que se trata de outra coisa, da ordem do que as pessoas "bem informadas" consideram como inverossímil. Expliquemo-nos:

O "hardening" das rádios russas do interior NA VERDADE SE DIRIGE NÃO CONTRA OS *IMPERIALISTAS AMERICANOS*, MAS CONTRA A CHINA. As violências verbais contra os *imperialistas* só constam ali pela forma, e elas são passageiras: O GRUPO "DURO", sobre o qual todas as rádios ocidentais dizem que marca "uma volta ao stalinismo", ESSE GRUPO DURO É FORMADO PARA FAZER FRENTE, por enquanto na sombra, à China.

Se formos "além" das escutas segundo a verdade absoluta, tudo se passa como se O GOVERNO MALENKOV TIVESSE SIDO OBRIGADO (por razões que ignoro totalmente e a respeito das quais só posso saber da aparição "epifenomênica" nas ondas) A PASSAR POR SATÉLITE EM RELAÇÃO À CHINA E COMO SE, DE REPENTE, UMA ORIENTAÇÃO MAIS FIRME (e, ao contrário de todas as aparências, mais tolerante) tivesse sido "escolhida" (e não imposta!) na Rússia para lutar contra a China, isso sob a máscara de uma violência afetada contra *os imperialistas americanos*.

E) – Um tema de propaganda que assume importância, porém subterraneamente, se ouso assim dizer (por causa da necessidade de dar satisfações à China), é o «da necessidade de reforçar as relações com os países ocidentais» (inclusive com os Estados Unidos). Ora, esse tema assume novas formas curiosas e em princípio imperceptíveis:

Na época de Stálin (nos últimos meses, quando Stálin já estava praticamente morto) e em seguida na de Malenkov, esse tema era desenvolvido unicamente sob o aspecto seguinte: «a necessidade de reforçar as relações *econômicas* com os países ocidentais» (ver nossos boletins dessa data e os apelos aos "homens de negócios" do mundo não russo).

Desde que Malenkov se apagou (na minha opinião esse é o termo exato), o tema assumiu a forma seguinte: «a necessidade de reforçar as relações *políticas*, econômicas e culturais» com o mundo ocidental. É NESSA ORDEM QUE, SEM NENHUMA EXCEÇÃO, (pelo menos até onde sei) ESSAS QUALIFICAÇÕES DESIGNANDO O GÊNERO DE RELAÇÕES DESEJADAS SÃO EMPREGADAS. (Se pensarmos no contexto que explica o sentido dado por essas rádios ao termo, isso assume um sentido singular, absolutamente ao inverso das interpretações "dos meios bem informados" do mundo ocidental; trata-se de relações «de amizade e confiança» com os deputados e senadores do mundo não russo: ao se afastarem cada vez mais do stalinismo, estes bolcheviques super-malenkovinistas, tornam-se "democratas ocidentais").

F) – Nos últimos dias ouvi muito atentamente as partes não informativas da rádio russa do interior: programas "culturais", musicais etc., etc.: ABSOLUTAMENTE NENHUM "HARDENING".

É até exatamente o contrário: os programas desse gênero ouvidos são cada vez mais "liberais" e apolíticos. Por mais paradoxal que possa parecer, após o desaparecimento voluntário de Malenkov a rádio russa do interior é atualmente uma das rádios menos politizadas do mundo (no plano artístico).

G) – "O chamado" à Índia (e à Iuguslávia) contra a China é extremamente discreto, mas está lá de tempos em tempos, como por acaso, ao virar a página de um boletim. (Isto lembra de modo muito curioso como a ascensão de Khrushchov me foi revelada há mais ou menos um ano: um programa russo do interior para a Sibéria, às duas da manhã, nos transmitiu como que por acaso alguns trechos de um discurso absolutamente apolítico pronunciado em uma pequenina região da Sibéria por Khrushchov perante os desbravadores de terras incultas; ver boletim dessa data.)

H) – No dia de hoje, nos programas russos para o interior, o anúncio feito aos ouvintes "russos" (o termo "soviético" foi evitado nesses anúncios) para começarem a ouvir às 16 horas (hora de Moscou) o texto da declaração de Khrushchov a jornalistas americanos revelou algo de muito curioso: a *qualidade americana* dos interlocutores de Khrushchov foi sublinhada imperceptivelmente pelos locutores... isto enquanto, por outro lado, dava-se a Zhou Enlai satisfações de ordem puramente verbal.

CONCLUSÃO GERAL (estou pessoalmente muito aborrecido porque Bulganin é «o Marechal da polícia» e não do exército): o novo governo soviético é um governo muito menos stalinista que o governo de Malenkov: É O GOVERNO DA DISTENSÃO COM OS ESTADOS UNIDOS, É ACESSORIAMENTE O GOVERNO DA DISTENSÃO COM OS "NEUTRALISTAS" (Índia e Iuguslávia) CONTRA A CHINA. O NOVO GOVERNO RUSSO VISTO ATRAVÉS DA ESCUTA DE SUAS RÁDIOS É O GOVERNO DAQUELES QUE SE ATEMORIZARAM DIANTE DA CHINA POR UM LADO E QUE, POR OUTRO, ESCOLHERAM TER POR CONSELHEIROS VERDADEIROS NÃO MAIS O INGLÊS MAC LEAN, MAS OS AMERICANOS.

\*

ÚLTIMA HORA, sexta-feira:

Este boletim é o que me exigiu o maior esforço. Desculpo-me por tê-lo atrasado — isto para trabalhar mais nele.

No último minuto, no dia de hoje, sexta-feira, observei sobretudo o que se segue (programas russos do interior):

— O jornal iugoslavo "BORBA" foi longamente citado por essas rádios do interior (principalmente a propósito de uma delegação comercial búlgara que vai à Iugoslávia).

— Novos textos oficiais ou oficiosos destinados à Índia foram divulgados.

— A qualidade americana dos interlocutores de Khrushchov é de novo sublinhada.

*NOTA À PARTE*

Assinalamos aqui, em duas ou três ocasiões, que "a cortina de ferro" foi levantada no que diz respeito às "notícias meteorológicas" (ver boletins anteriores).

Há 48 horas (o que corresponde exatamente à formação de um novo governo russo) um boletim meteorológico *muito detalhado* foi divulgado ao final dos boletins de informação russos para o interior; quando ouvimos a rádio central de Moscou, ficamos sabendo de modo muito preciso que tempo acaba de fazer na capital khrushchoviana.

Melhor: hoje a rádio russa do interior dá, com detalhes veementes, notícias da situação meteorológica na França (principalmente na região de Grenoble).

**Tudo isso, que está confirmado, não é o resultado de um acaso: a substituição da "cortina de ferro" pelos meteorologistas, supressão iniciada com Malenkov e "reforçada" com Khrushchov, é um dos sinais mais conclusivos da vontade do Kremlin de «fazer osmose» com o Ocidente da Europa).**

Em última análise (às 18 horas de sexta-feira) a Rússia de Khrushchov e de Bulgánin é uma Rússia em vias de desestalinizar ainda mais que a Rússia de Malenkov (e meus leitores podem acreditar em mim, pois me custa muito dizer algo de favorável para um governo onde há "o Marechal da polícia").

*

PRÓXIMO BOLETIM: domingo.

*

NOTA SOBRE ESTE BOLETIM:
Este boletim foi um dos que me custaram o maior esforço. Certas constatações a serem feitas me parecendo mais delicadas, atrasei o envio; reli o presente texto esta noite e esta manhã. Pede-se que este boletim só seja eventualmente utilizado da maneira mais prudente.

Fac-símile

Robin        -1-   　　    1/2  juin 1955
                           Année 1955, bulletin No 38.


## LA SITUATION POLITIQUE INTERNATIONALE

### D'APRES LES RADIOS EN LANGUES ETRANGERES.


°° : signe de propagande obsessionnelle.
"" : citations littérales d'après enregistrements magnétophoniques
Bulletin bi-hebdomadaire. Tiré à 35 exemplaires. Toute utilisation interdite en dehors des accords conclus.

DERNIERE HEURE, éventuellement -(vendredi 3 juin 16h) :
ci contre :

"Le poste de la Libération", émetteur des officiers soviétiques récemment réfugiés à l'Ouest, a été furieusement brouillé aujourd'hui de la façon la plus curieuse : ce brouillage n'a été déclenché avec cette fureur que sur la partie, peu importante comme durée, de l'émission où il est question des mesures de sécurité prises par KHROUCHTCHOV en vue de son retour en Russie. A travers ce brouillage, nous avons pu capter par bribes quelques informations :

il est question du remplacement d'un avion par une voiture automobile, de l'arrivée à Belgrade d'un des chefs du MGB ( Ivan Sérov ??? ), de "la "peur de Khrouchtchov" ; ""Khrouchtchov a peur de ..."""

Nous livrons ces quelques bribes sous les plus extrêmes réserves, étant données les conditions d'écoute. Ce qui est important, c'est que derrière ces textes il y a quelque chose. D'ailleurs les informations sur "Khrouchtchov pris de peur" sont suivies d'un commentaire : "" Camarades soldats, matelots, sergents, "officiers et généraux, le moment n'est plus loin où "nous pourrons renverser la dictature des bolcheviks".

Le brouillage acharné et furieux (mais pas complètement efficace ) s'abat soudainement sur uniquement la partie de l'émission signalée ici. Nous ne souvenons pas qu'un tel effort de brouillage ait jamais été fait contre une partie quelconque des émissions de ce poste.

        ° ° ° ° ° ° ° °

Robin — 1 — 1/2 junho 1955
Ano 1955, boletim No 38.

A SITUAÇÃO POLÍTICA ESTRANGEIRA

SEGUNDO AS RÁDIOS EM LÍNGUAS ESTRANGEIRAS.

\*\* : sinal de propagando obsessiva
"" : citações literais segundo registro por gravador. Boletim bi-hebdomadário. Tiragem: 35 exemplares. Proibida qualquer utilização fora dos acordos estabelecidos.

o

ÚLTIMA HORA, eventualmente – (sexta-feira 3 junho 16h ) :
Página seguinte :
    A "rádio da liberação", emissora dos oficiais soviéticos recentemente refugiados no Ocidente, sofreu hoje, do modo mais curioso, furiosa intervenção: essa intervenção só foi desencadeada com esse furor na parte do programa com duração menos importante, em que se trata das medidas de segurança tomadas por KHRUSHCHOV com vistas ao seu retorno à Rússia. Por meio dessa interferência, pudemos captar por fragmentos algumas informações:
    Trata-se da substituição de um avião por um carro, da chegada em Belgrado de um chefe da KGB (Ivan Serov?), do "medo de Khrushchov"; "Khrushchov tem medo de..."
    Levando em conta as condições da escuta, distribuímos esses fragmentos sob a mais extrema reserva. O importante é que, por trás desses textos, existe algo. Aliás, as informações a respeito de "Khrushchov tomado pelo medo" são acompanhadas por um comentário: "Camaradas soldados, marinheiros, sargentos, oficiais e generais, não está mais longe o momento em que nós poderemos derrubar a ditadura dos bolcheviques".
    Essa intervenção feroz e furiosa (mas não totalmente eficaz) se abate repentinamente sobre uma parte apenas do programa apontado aqui. Não nos lembramos que um tal esforço de interferência tenha sido feito contra uma parte qualquer dessa rádio.

o o o o o o o o o

Robin   -2-   1/2 Juin 1955.
Année 1955, bulletin No 38

## -- Le mystère de la radio de Belgrade, en russe.

L'émission qui, en principe, pourrait nous éclairer, même par des impondérables, sur les sentiments des dirigeants yougo-slaves, c'est à dire l'émission de Belgrade en langue russe contibue à se présenter (hier soir encore) sous l'aspect énigmatique : l'émission est pour ainsi dire submergée par des interférences, des émergences d'un autre poste parlant russe.

Bref, tout s'est passé en cette récente période comme si c'était le gouvernement yougo-slave lui-même qui avait organisé "l'oglouchénié" de son propre service en langue russe. On assiste ainsi au paradoxe ( après tout fort normal en ces temps) d'une radio d'État brouillant elle-même, intentionnellement, une de ses émissions.

Les autres émissions de Belgrade entendues (en serbe, allemand, notamment) n'apportent absolument rien au-delà de plus que les nouvelles officielles. Bref, ces radios sont IMPERMÉABLES voir nos analyses précédentes. Inutile de signaler une nouvelle fois que leur froideur leur fond a interdit toute écho chaleureux quelconque aux démonstrations moscovites.

## -- Le problème essentiel de l'heure : Moscou va-t-il renoncer à la propagande obsessionnelle ?

Nous avons posé ce problème en notre dernier bulletin, en faisant sentir l'importance d'une éventuelle suppression de tout langage propagandistique dans les émissions de Moscou (et, ensuite, des satellites.). La présence des dirigeants soviétiques à Belgrade, en un pays où (du moins sur le plan radiophonique) tout langage propagandistique a été supprimé ces derniers temps, donnait une importance particulière aux dernières mesures prises à l'intérieur de la Russie pour "dépolitiser" davantage encore le langage des émissions. Un alignement des radios boulganiniennes sur l'apolitisme actuel des radios de Belgrade aurait été un évènement aux conséquences incalculables, puisque tout simplement ces radios auraient alors dépassé les radios "occidentales" qualitativement.

Les émissions entendues depuis trois jours, écoutées en vue d'apporter quelque clarté sur ce plan, m'ont permis de constater que ce "doublage" de "l'Europa occidentale" n'aura pas lieu. Tentons une analyse de détail ( sources : Moscou en russe et en ukrainien, Moscou en allemand, espagnol, italien, anglais et chinois ; Prague su tout service en langue espagnol ; radios de la DDR ; Varsovie services intérieurs ; divers fragments d'émissions roumaines et bulgares).

a) Nous mettrons d'abord absolument à part les services intérieurs russes en langue ukrainienne : ici, toute propagande nous est apparue avoir complètement disparu, ce qui est l'aboutissement des tendances déjà

Robin    -2 -                    1/2 junho 1955.
                                 Ano 1955, boletim No 38

O mistério da rádio de Belgrado, em russo.
   O programa que em princípio poderia nos esclarecer,
mesmo por meio dos imponderáveis, a respeito dos sentimentos dos
dirigentes iugoslavos, isto é, o programa de Belgrado em língua russa
continua a se apresentar sob um aspecto enigmático: ele é, por assim
dizer, submerso por interferências, pelo surgimento de uma outra
rádio falando russo.
   Resumindo, tudo se passa como se, neste período recente,
o próprio governo iugoslavo tivesse oglusheniado[6] seu próprio serviço
em língua russa. Assiste-se assim ao paradoxo (no fim das contas
muito normal nestes tempos) de uma rádio de Estado bloqueando,
ela mesma, intencionalmente, um de seus programas.
   Os outros programas de Belgrado (ouvidos principalmente
em sérvio e alemão) não trazem absolutamente nada a mais que as
notícias oficiais. Em suma, estas rádios são IMPERMEÁVEIS — ver nossas
análises precedentes. Inútil assinalar de novo que sua própria frieza
lhes proibiu qualquer eco caloroso às demonstrações moscovitas.

O problema essencial do momento: Moscou vai renunciar
à propaganda obsessiva?
   Colocamos esse problema em nosso último boletim,
fazendo sentir a importância de uma eventual supressão de toda
linguagem de propaganda nos programas de Moscou (e, em seguida,
dos satélites). A presença dos dirigentes soviéticos em Belgrado —
num país onde (pelo menos no plano radiofônico) toda linguagem
de propaganda foi suprimida nos últimos tempos — conferia uma
importância particular às últimas medidas tomadas no interior da
Rússia para "despolitizar" mais ainda a linguagem dos programas.
Um alinhamento das rádios bulganinianas com respeito ao apolitismo

---

6  A palavra oglusheniado (em francês, "oglouchenié") pode ser um neologismo
criado por Robin, procedimento ao qual recorre mais de uma vez em *A palavra
falsa*. Nele se encontra substantivo russo оглушение [oglushenie], que
significada "ensurdecimento", "desvozeamento" ou "atordoamento". Sendo assim,
"oglusheniado" pode ser lido, simultaneamente, como "ensurdecido", "desvozeado"
e "atortoado". [Nota de Stella Senra e Pedro Taam]

atual das rádios de Belgrado teria sido um acontecimento
de consequências incalculáveis, pois simplesmente essas rádios
teriam então ultrapassado qualitativamente as rádios "ocidentais".

Os programas ouvidos nos últimos três dias para trazer
alguma clareza quanto a esse plano me permitiram constatar que
esta "dublagem" da "Europa Ocidental" não acontecerá. Tentemos
uma análise de detalhe (fontes: Moscou em russo e ucraniano, Moscou
em alemão, espanhol, italiano, inglês e chinês; Praga, sobretudo
serviço em espanhol; rádios da DDR; Varsóvia, serviços do interior;
diversos fragmentos de programas romenos e búlgaros).

   a) Deixaremos completamente de lado os serviços russos
para o interior em ucraniano: aqui, toda propaganda nos pareceu
ter desaparecido completamente, o que representa a realização das

Robin — 3 — 1/2 juin 1955.
Année 1955, bulletin No 38.

signalées ici depuis environ 18 mois (cela, en vue d'amadouer la population ukrainienne ).

   b). Dans toutes les autres émissions, nous nous trouvons dans l'ensemble , malgré quelques nouveaux adoucissements des procédés de propagande, devant une situation au fond inchangée :

des blocs entiers de paroles propagandistiques mécaniques continuent à former la principale substance de ces émissions ; ces blocs peuvent être ,en ce moment, répartis comme suit :

- "l'importance mondiale de la rencontre de "Belgrade " ( thème traité selon les procédés routiniers de la rubrique : " Echos de l'étranger"... etc etc ) .
- ""°le renforcement jour après jour du puissant ""° mouvement de la paix °°"" (thème donnant constamment lieu à un déferlement de slogans toujours les mêmes ; actuellement, la propagande préparatoire au congrès des °°partisans de la paix °° à Helsinki a été reprise ) .
- la campagne contre le réarmement de l'Allemagne occidentale ( campagne toujours menée avec les invariables argumentations déjà signalées ici des centaines de fois ).
- la culture du maïs ( ici aucune formule de propagande à proprement parler, mais une présence permanente du thème : " la nécessité de renforcer(sic) la culture du maïs ).

  Voilà le fonds ,actuellement, de ces émissions . L'analyse des textes et leur confrontation avec les textes de la période stalinienne permet d'apporter des précisions dans la formulation et la solution du problème :

Par rapport à la période stalinienne, LA REPETITION PERMANENTE DES SLOGANS OBSESSIONNELS A ETE DEPOUILLEE DE SES ASPECTS EXTERIEURS INSUPPORTABLES : constamment ici, depuis la mort de Staline, nous avons suivi jour par jour ce que nous avons appelé "l'humanisation du langage" diffusé par les radios du monde russe .

Cependant, même après le contact avec la Yougo-Slavie; ces radios ne semblent tendent pas vers la suppression de la propagande ; EN FAIT, SI ON REFLECHIT AUX ECOUTES EN LES CONFRONTANT SUR TOUTE CETTE PERIODE, ON PERCOIT UN PHENOMENE SIGNIFICATIF : LA PROPAGANDE OBSESSIONNELLE EST MAINTENANT SOUS DES ASPECTS TRES FAIBLES, DEBILES MEME, MAIS ELLE EST MAINTENUE . EN FIN DE COMPTE, C'EST LA MEDIOCRITE SEULE QUI DISTINGUE CETTE PROPAGANDE OBSESSIONNELLE DE LA PROPAGANDE OBSESSIONNELLE STALINIENNE .

  Allons plus loin dans notre analyse , qui touche à l'un des éléments les plus importants du monde soviétique :

Robin   -3-                    1/2 junho 1955.
                          Ano 1955, boletim No 38.

tendências já apontadas aqui há mais ou menos 18 meses (isto com vistas
a apaziguar a população ucraniana ) .

 b) Apesar de alguns novos abrandamentos dos procedimentos de
propaganda, no conjunto de todos os outros programas encontramo-nos
diante de uma situação que, no fundo, não mudou:

  Blocos inteiros de palavras mecânicas de propaganda que
continuam a formar a principal substância desses programas;
esses blocos podem no momento ser distribuídos como se segue:

  — "a importância mundial do encontro de Belgrado" (tema
tratado de acordo com procedimentos rotineiros da rubrica:
"Ecos do exterior"... etc etc ) .

  — o reforço dia a dia do poderoso *"movimento da paz"*
(tema que dá constantemente lugar a uma explosão de slogans,
sempre os mesmos; atualmente a propaganda preparatória
do congresso *defensores da paz* em Helsinque foi retomada).

  — a campanha contra o rearmamento da Alemanha ocidental
(campanha conduzida com as invariáveis argumentações
já aqui assinaladas centenas de vezes).

  — a cultura do milho (aqui nenhuma fórmula de propaganda
propriamente dita, mas uma <u>presença</u> permanente do tema:
"a necessidade de reforçar (sic) a cultura do milho).

Eis o fundo, atualmente, desses programas. A análise dos textos
e sua confrontação com os textos do período stalinista permitem trazer
precisões na formulação da solução do problema :

  Em relação ao período stalinista, A REPETIÇÃO PERMENENTE
DOS SLOGANS OBSESSIVOS FOI DESPROVIDA DE SEUS ASPECTOS
EXTERIORES INSUPORTÁVEIS: aqui constantemente, desde a morte
de Stálin, seguimos dia a dia o que chamamos de "humanização
da linguagem" difundida pelo mundo russo.

  Entretanto, mesmo após o contato com a Iugoslávia, essas
rádios não tendem para a supressão da propaganda; DE FATO,
SE REFLETIRMOS SOBRE AS ESCUTAS CONFRONTANDO-AS DURANTE
TODO ESSE PERÍODO, PERCEBEMOS UM FENÔMENO SIGNIFICATIVO :
A PROPAGANDA OBSESSIVA PROSSEGUE AGORA SOB ASPECTOS
MUITO FRACOS, DÉBEIS MESMO, MAS É MANTIDA. NO FINAL DAS
CONTAS, SÓ A MEDIOCRIDADE DISTINGUE ESSA PROPAGANDA
OBSESSIVA DA PROPAGANDA OBSESSIVA STALINISTA.

Vamos mais longe nessa análise que toca num dos elementos
mais importantes do mundo soviético :

Robin — 1/3 juin 1955.
Année 1955, bulletin No 38.

à travers cet état de choses, il apparaît évident à
l'écoute que le monde soviétique est absolument incapable,
même s'il le voulait, de supprimer la propagande obsessionnelle ; cela fait partie intrinsèquement de sa nature. Par
conséquent il est exclus que, du moins pendant de nombreuses
années, le monde soviétique puisse se guérir du stalinisme.
L'occidentalisation du langage a été poussée en ces radios
aussi loin qu'il était possible, et il est sensible à
l'écoute que le point extrême en ce sens a été atteint :
autrement dit, l'Occident n'a pas à redouter le
péril le plus subtil qui pouvait le menacer : une Russie
parlant sans aucune propagande. L'immobilisme du langage
paraît, à travers ces radios, faire partie essentielle du
bolchevisme.

## --Pendant les entretiens de Belgrade : Moscou et les pays satellites

Reprenant les écoutes après trois jours d'interruption
lors de la Pentecôte, l'un des faits saillants dans les radios
de la centrale de Moscou, en toutes les langues écoutées,
a été l'importance accrue donnée à la rubrique :
"Dans les pays de démocratie populaire"

Par contre, je n'ai presque rien entendu dans ces radios
sur la Chine (Ceci peut très bien n'avoir aucune importance ;
mais cependant ... )

Cette importance donnée par la centrale de Moscou aux
"pays de démocratie populaire" apparaissait ces trois derniers
jours comme la conséquence d'une déception éprouvée à Belgrade,
comme un désir de "se serrer" auprès des pays satellites.

Un détail du langage tenu tend à prouver que cette
impression irrésistible correspond à un fait : les textes
consacrés aux "démocraties populaires" ont employé
les termes """ élection chaleureuse" ou encore :""" le peuple
"""soviétique entouré d'une élection chaleureuse """, etc. Or,
si on songe que, à en juger par les radios de Belgrade,
l'essentiel de la Yougo-Slavie officielle est "glaciale"...

## -- La Voix de l'Amérique en russe. Remarque générale.

La VOIX DE L'AMÉRIQUE EN RUSSE a notablement changé de
ton : elle a laissé de nouveau côté le ton polémique agressif,
sauf sur un petit nombre de points limités. Elle diffuse ses
chroniques en langage modéré ; visiblement depuis quelque
temps Washington cherche à ne pas offenser les nouveaux dirigeants
soviétiques ; parfois même l'auditeur en arrive à penser que
Washington cherche à ne pas les gêner. Bref, ces émissions
ont un ton de conciliation (Rappelons que ces émissions sont
contrôlées très rigoureusement par le Département d'État,
que par conséquent elles représentent strictement le point
de vue du gouvernement des USA ).

L'évolution dont nous parlons date d'il y a
quelques semaines; mais c'est seulement maintenant
qu'elle est apparue avec cette netteté.

Robin                -4 -                1/3 junho 1955.
                                         Ano 1955, boletim No 38.

   Tendo em vista esse estado de coisas, por meio
da escuta parece evidente por que o Mundo soviético é
absolutamente incapaz, mesmo se quisesse, de suprimir a
propaganda obsessiva: ela é parte intrínseca de sua natureza.
Por consequência está fora de questão que, pelo menos por
vários anos, o mundo soviético possa se curar do stalinismo.
A ocidentalização da linguagem nessas rádios <u>foi levada tão
longe quanto possível</u> e percebe-se, à escuta, que <u>o ponto
extremo possível nesse sentido foi atingido</u>. Isto é, o Ocidente
não precisa temer o perigo mais sutil que o poderia ameaçar:
uma Rússia que fale sem nenhuma propaganda. A imobilização
da linguagem por meio das rádios parece ser parte essencial
do bolchevismo.

<u>Durante os encontros de Belgrado: Moscou e os países satélites</u>
   Ao retomar as escutas após três dias de interrupção da central
de Moscou durante Pentecostes, um dos fatos salientes nas rádios
da central de Moscou, em todas as línguas ouvidas, foi a importância
crescente dada à rubrica:
          "Nos países de democracia popular"
   Por outro lado não ouvi quase nada nessas rádios a propósito
da China (isto pode perfeitamente não ter nenhuma importância;
mas, entretanto...).
        Essa importância conferida pela central de Moscou aos
"países de democracia popular" surgia nesses três últimos dias
como a consequência de uma decepção sentida em Belgrado, como
um desejo de "ficar bem junto" aos países satélites.
   Um detalhe da linguagem mantida tende a provar que essa
impressão irresistível corresponde a um fato: os textos de Moscou
consagrados às "democracias populares" [...]

<u>A Voz da América em russo: comentário geral</u>
   A VOZ DA AMÉRICA EM RUSSO mudou significativamente de tom:
deixou de lado o tom polêmico agressivo, salvo para um pequeno
número de pontos limitados. Divulga crônicas em linguagem
moderada; visivelmente, há tempo Washington busca não ofender

os novos dirigentes soviéticos; às vezes até o ouvinte chega a pensar que Washington procura não incomodá-los. <u>Em suma, esses programas têm um tom de conciliação</u> (Lembremos que esses programas são controlados <u>com muito rigor</u> pelo Departamento de Estado e que, consequentemente, elas representam estritamente o ponto de vista do governo dos EUA).

A evolução que mencionamos data de algumas semanas, mas apenas agora ela surge com tal nitidez.

Robin         -5 -  1/2 juin 1955.
              Année 1955; bulletin No 38.

-- Notes diverses

   - L'attitude de l'Espagne à l'égard des Etats-Unis (suit

        Confirmation des constatations déjà faites ici : le
gouvernement Franco "tient la dragée haute " aux Nord-américains
        La dernière manifestation de l'attitude de fierté des
Espagnols à l'égard des Américains nous est fournie par la
diffusion d'une déclaration faite par l'Ambassadeur des USA
à Madrid devant la Chambre de commerce de Madrid : selon la
version espagnole de ce texte, l'Ambassadeur des Etats-Unis (tel
un Khrouchtchov devant Tito ) aurait en somme fait amende honorab
en proclamant :
     "" L'aide américaine ne doit pas faire oublier
    ""l'essentiel : l'effort extraordinaire de l'Espagne
    ""depuis tant d'années !"

        (Prière de comparer, s'il est possible, avec le texte
réel du diplomate américain )

        Les radios de Madrid sur ondes courtes  continuent à
diffuser (sans grande insistance chaque fois, mais avec constance)
les thèmes : - les touristes américains venant en Espagne
ont fort à apprendre de l'Espagne , etc etc - l'Espagne est le
premier pays à être entré dans la lutte contre le communisme ,
etc etc - Les Etats-Unis devraient accroitre leur aide à
l'agriculture   et à l'industrie   espagnoles (1) .

        A l'écoute des radios internationales espagnoles
de ce moment, on constate que Franco a toutes les apparences
d'être le Tito du monde américain .

        (Sources : Radio-Madrid sur ondes courtes, services
en allemand et en anglais surtout ; services en langues du
monde russe toujours implacablement brouillés ) .

        Je n'ai entendu aucune prise de position des radios
de Madrid (services internationaux) sur les affaires soviéto-yougo
slaves. Et même je n'ai constaté aucune attention de ces radios
à ces évènements . Cf. ce que nous avons dit dans les bulletins
précédents de la variété espagnole "d'indifférentisme" affichée
par ces radios depuis plusieurs mois (depuis  la semaine qui
suivit le retour des ex-combattants de la division Azul, ai-je
pu préciser en étudiant rétrospectivement mes notes).

_____
(1). -C'est moi qui souligne ces deux mots . En réfléchissant à
ce point de vue que j'ai entendu exprimer  plusieurs dizaines
de fois en quelques semaines en ces émissions, je finis par
penser qu'il s'agit là d'une façon de protester  contre le désir
nord-américain de  ne faire de dépenses en Espagne que pour des
buts militaires .

Robin        -5 -        1/2 junho 1955.
                         Ano 1955; boletim No 38.

Notas diversas

   A atitude da Espanha em relação aos Estados Unidos (continuação)
   Confirmação das constatações já feitas aqui: o governo Franco banca o difícil para os Norte-americanos.

   A última manifestação da atitude de orgulho dos espanhóis em relação aos americanos nos é fornecida pela declaração feita pelo embaixador dos EUA em Madrid diante da Câmara de Comércio de Madrid: segundo a versão espanhola desse texto, o embaixador dos EUA (como um Khrushchov diante de Tito) teria feito as pazes ao proclamar:

      "A ajuda americana não deve fazer esquecer o essencial: o esforço extraordinário da Espanha há tantos anos!"

   (Pede-se comparar, se possível, com o texto real do diplomata americano.)

   As rádios de Madrid em ondas curtas continuam a difundir (a cada vez sem grande insistência, mas constantemente) os temas:
— os turistas americanos que vão à Espanha têm muito a aprender com a Espanha, etc etc — a Espanha é o primeiro país que entrou na luta contra o comunismo, etc etc — Os Estados Unidos deveriam aumentar sua ajuda à agricultura e à indústria espanholas (1)

   Na escuta das rádios internacionais espanholas neste momento, constata-se que Franco tem todo o jeito de ser o Tito americano.

   (Fontes: Radio-Madrid em ondas curtas, sobretudo serviços em alemão e em inglês; serviços do mundo russo sempre implacavelmente bloqueados).

   Não ouvi nenhuma tomada de posição das rádios de Madrid (serviços internacionais) sobre os assuntos sovieto-iugoslavos. E nem constatei nenhuma atenção dessas rádios com relação a esses acontecimentos. Cf. o que dissemos nos precedentes a respeito da variedade espanhola de "indiferencialismo" ostentado por essas rádios há vários meses (a partir da semana seguinte à volta dos ex-combatentes da divisão Azul — foi o que pude precisar ao estudar retrospectivamente minhas notas).

----------------------------------------------------------------

(1). — Sou eu que sublinho essas duas palavras. Ao refletir sobre esse ponto de vista, que ouvi dizer nessas emissões dezenas de vezes em poucas semanas nessas, acabei por pensar que se trata de um modo de protestar contra o desejo norte-americano de só fazer gastos na Espanha com objetivos militares.

## Notes diverses (suite).

De nouveau : absence de propagande antifranquiste dans les émissions de Moscou et de Prague écoutées en langue espagnole. Mais attaques de Prague contre l'entrée de l'Espagne à l'OTAN.

- Déferlement (mardredi et jeudi) d'une vaste propagande obsessionnelle dans les radios du monde russe à propos de ""la journée internationale de l'enfance"".

Cette masse de propos obsessionnels présentait d'autre part la caractéristique d'être faite de propos doucereux, d'expressions " à la guimauve ". C'était d'une fadeur à donner la nausée.

- RADIO-PRAGUE, soirée du mardredi, a célébré le ... èmème anniversaire du plus connu des poètes actuels de langue tchèque : NEZVAL.

Etranges émissions littéraires : les mérites poétiques de NEZVAL seraient, selon ces textes, notamment d'avoir "été plusieurs fois décoré par l'Etat", d'avoir participé au °°puissant mouvement de la paix°°, etc etc !

De ce poète, qui n'a pas grand'chose à voir avec le communisme (son adhésion au régime est tout à fait extérieure et n'est plut)ot due à son a-politisme foncier), la radio de Prague ne trouve guère à citer qu'un poème irrévérencieux ( et fort mauvais ) contre Dieu.

L'embarras et la maladresse de Prague s'expliquent fort bien, et d'ailleurs ces radios l'avouent implicitement : NEZVAL a été avant tout un surréaliste. Prague tourne trop commodément la difficulté en proclamant rapidement : "Le surréalisme ne lui fit jamais oublier le "réalisme".

&°°°°°°°°°°°°°°°°°°°°

Robin  -6 -  1/2 junho 1955.
 Ano 1955; boletim No 38.


Notas diversas (continuação).

 Novamente: ausência de propaganda anti-franquista nos
programas de Moscou e de Praga ouvidos em língua espanhola.
Mas ataques de Praga contra a entrada da Espanha na OTAN
 — Explosão (quarta-feira e quinta-feira) de uma ampla propaganda
obsessiva nas rádios do mundo russo a respeito da "jornada
internacional da infância".
 Essa massa de afirmações obsessivas apresentava por outro lado
a característica de ser feita de afirmações adocicadas, de expressões
"melosas". Era de uma insipidez de dar náuseas.
 — RÁDIO-PRAGA, evento de quarta-feira celebrou o enésimo
aniversário do mais conhecido dos poetas atuais de língua tcheca:
NEZVAL.
 Estranhas emissões literárias: os méritos poéticos de NEZVAL
seriam, de acordo com os textos, de "terem sido várias vezes
condecorados pelo estado", de terem participado no *poderoso
movimento pela paz* etc. etc.
 Desse poeta, que não tem muito a ver com o comunismo
(sua adesão ao regime é inteiramente exterior e deve-se mais a seu
a-politismo inato), a Rádio de Praga não acha nada para citar além
de um poema irreverente (e muito ruim) contra Deus.
 O incômodo e o embaraço de Praga se explicam muito bem e, aliás,
essas rádios o confessam implicitamente: NEZVAL foi antes de tudo
um surrealista. Praga transforma muito comodamente a dificuldade
ao proclamar rapidamente: "O surrealismo nunca o fez esquecer o
"realismo".

o o o o o o o o o

## QUADRO DE LÍNGUAS OUVIDAS*

| | 1955 | | 1956 | | 1957 | | 1958 | | 1959 | | 1960 | | 1961 | | Total | |
|---|---|---|---|---|---|---|---|---|---|---|---|---|---|---|---|---|
| | N | % | N | % | N | % | N | % | N | % | N | % | N | % | N | % |
| Alemão............ | 93 | 10 | 74 | 8 | 50 | 7 | 50 | 8 | 7 | 3 | 4 | 3 | 14 | 12 | 292 | 7,7 |
| Inglês............. | 227 | 24 | 297 | 31 | 210 | 28 | 210 | 35 | 98 | 41 | 58 | 42 | 36 | 24 | 1136 | 30,2 |
| Árabe............. | 5 | 0,5 | 8 | 0,8 | 8 | 1 | 1 | 0,2 | 3 | 1,3 | 0 | 0 | 13 | 9 | 38 | 1,0 |
| Búlgaro........... | 4 | 0,4 | 9 | 0,9 | 1 | 0,1 | 2 | 0,3 | 1 | 0,4 | 0 | 0 | 1 | 0,7 | 18 | 0,5 |
| Chinês............ | 27 | 3 | 9 | 0,9 | 49 | 6 | 32 | 5 | 3 | 3 | 4 | 3 | 3 | 2 | 127 | 3,4 |
| Espanhol.......... | 151 | 16 | 129 | 14 | 118 | 16 | 94 | 16 | 20 | 8 | 13 | 9 | 15 | 10 | 540 | 14,4 |
| Francês........... | 16 | 2 | 10 | 1 | 7 | 0,9 | 12 | 2 | 0 | 0 | 1 | 0,7 | 3 | 2 | 49 | 1,3 |
| Hindi Urdu........ | 18 | 2 | 7 | 0,7 | 11 | 1,5 | 1 | 0,2 | 2 | 0,8 | 0 | 0 | 1 | 0,7 | 40 | 1,1 |
| Húngaro........... | 13 | 1,4 | 22 | 2 | 6 | 0,8 | 6 | 1 | 1 | 0,4 | 0 | 0 | 0 | 0 | 48 | 1,3 |
| Italiano........... | 67 | 7 | 63 | 7 | 43 | 6 | 26 | 4 | 3 | 1,3 | 5 | 4 | 0 | 0 | 207 | 5,5 |
| Polonês........... | 32 | 3 | 34 | 4 | 34 | 4 | 19 | 3 | 15 | 6 | 4 | 3 | 11 | 7 | 149 | 4,0 |
| Português......... | 40 | 4 | 18 | 2 | 28 | 2 | 14 | 2 | 3 | 1,3 | 0 | 0 | 7 | 5 | 100 | 2,7 |
| Romeno............ | 14 | 1,5 | 13 | 1,4 | 3 | 0,4 | 0 | 0 | 3 | 1,3 | 1 | 0,7 | 1 | 0,7 | 35 | 0,9 |
| Russo............. | 176 | 19 | 168 | 18 | 145 | 19 | 95 | 16 | 71 | 30 | 35 | 25 | 25 | 17 | 715 | 19,0 |
| Servo-croata...... | 12 | 1,3 | 24 | 3 | 6 | 0,8 | 3 | 0,5 | 3 | 1,3 | 0 | 0 | 1 | 0,7 | 49 | 1,3 |
| Sueco............. | 1 | 0,1 | 0 | 0 | 15 | 2 | 4 | 0,7 | 0 | 0 | 0 | 0 | 0 | 0 | 20 | 0,5 |
| Tcheco............ | 11 | 1,2 | 24 | 3 | 6 | 0,8 | 3 | 0,5 | 0 | 0 | 1 | 0,7 | 5 | 3 | 50 | 1,3 |
| Ucraniano......... | 14 | 1,5 | 2 | 0,2 | 11 | 1,5 | 10 | 1,7 | 2 | 0,8 | 8 | 6 | 9 | 6 | 56 | 1,5 |
| OUTROS : | 6 | 0,6 | 38 | 4 | 24 | 3,1 | 13 | 2,2 | 3 | 1,3 | 4 | 2,9 | 2 | 1,4 | 90 | 2,4 |
| (dentre os quais) | | | | | | | | | | | | | | | | |
| Albanês........... | 0 | | 0 | | 1 | | 0 | | 0 | | 0 | | 0 | | 1 | 0,0 |
| Aramaico.......... | 0 | | 1 | | 0 | | 0 | | 0 | | 0 | | 0 | | 1 | 0,0 |
| Armênio........... | 0 | | 0 | | 0 | | 0 | | 1 | | 0 | | 0 | | 1 | 0,0 |
| Bahasa............ | 0 | | 1 | | 1 | | 0 | | 0 | | 0 | | 0 | | 2 | 0,0 |
| Bielorusso........ | 0 | | 0 | | 6 | | 5 | | 0 | | 0 | | 0 | | 11 | 0,3 |
| Catalão........... | 2 | | 0 | | 0 | | 2 | | 0 | | 0 | | 0 | | 4 | 0,1 |
| Esperanto......... | 0 | | 0 | | 2 | | 1 | | 0 | | 0 | | 0 | | 3 | 0,1 |
| Estoniano......... | 0 | | 0 | | 0 | | 4 | | 1 | | 0 | | 0 | | 1 | 0,0 |
| Finlandês......... | 0 | | 3 | | 0 | | 0 | | 0 | | 0 | | 0 | | 3 | 0,1 |
| Grego moderno..... | 0 | | 1 | | 0 | | 0 | | 0 | | 0 | | 0 | | 1 | 0,0 |
| Hebraico.......... | 0 | | 13 | | 0 | | 0 | | 0 | | 0 | | 0 | | 13 | 0,3 |
| Irlandês.......... | 0 | | 1 | | 2 | | 0 | | 0 | | 0 | | 0 | | 3 | 0,1 |
| Japonês........... | 0 | | 0 | | 2 | | 0 | | 1 | | 0 | | 0 | | 3 | 0,1 |
| Latim............. | 0 | | 1 | | 1 | | 0 | | 0 | | 0 | | 0 | | 2 | 0,0 |
| Lituano........... | 0 | | 0 | | 0 | | 0 | | 0 | | 2 | | 1 | | 3 | 0,1 |
| Macedônio......... | 0 | | 0 | | 0 | | 1 | | 0 | | 0 | | 0 | | 1 | 0,0 |
| Malásio........... | 0 | | 0 | | 2 | | 0 | | 0 | | 0 | | 0 | | 2 | 0,0 |
| Mongol............ | 1 | | 2 | | 1 | | 0 | | 0 | | 2 | | 0 | | 6 | 0,2 |
| Norueguês......... | 0 | | 2 | | 0 | | 0 | | 0 | | 0 | | 0 | | 2 | 0,0 |
| Eslavônico (antigo) | 0 | | 1 | | 0 | | 1 | | 0 | | 0 | | 0 | | 2 | 0,0 |
| Eslovaco.......... | 3 | | 5 | | 0 | | 0 | | 0 | | 0 | | 0 | | 8 | 0,2 |
| Eslováquio........ | 0 | | 2 | | 1 | | 0 | | 0 | | 0 | | 0 | | 3 | 0,1 |
| Yídiche........... | 0 | | 5 | | 5 | | 3 | | 0 | | 0 | | 0 | | 13 | 0,3 |
| Total ............ | 927 | 100 | 949 | 100 | 765 | 100 | 595 | 100 | 238 | 100 | 138 | 100 | 147 | 100 | 3759 | 100 |

Línguas citadas nos bol. De 1955 a 1961.

* Dominique Radufe, *Armand Robin écouteur*, p. 80.

## QUADRO DE ESTAÇÕES OUVIDAS[*]

|  | 1955 | 1956 | 1957 | 1958 | 1959 | 1960 | 1961 | Total |
|---|---|---|---|---|---|---|---|---|
| Moscou | 63 | 54 | 50 | 34 | 33 | 25 | 19 | 278 |
| Rádios russas do interior | 41 | 29 | 26 | 3 | 8 | 7 | 6 | 120 |
| Praga (dentre as quais "Oggi in Italia") | 24 | 31 | 15 | 11 | 4 | 4 | 5 | 94 |
| Sofia | 8 | 3 | 7 | 0 | 2 | 3 | 1 | 24 |
| Varsóvia | 24 | 9 | 13 | 10 | 5 | 1 | 2 | 64 |
| Ioguslavas (Belgrado, Zagreb) | 32 | 24 | 21 | 4 | 0 | 2 | 4 | 87 |
| Bucareste | 21 | 5 | 2 | 1 | 0 | 0 | 1 | 30 |
| Budapeste | 10 | 7 | 0 | 2 | 1 | 0 | 1 | 21 |
| Da República Democrática Alemã (Berlim, Leipzig) | 13 | 7 | 3 | 4 | 4 | 0 | 2 | 33 |
| Tirana | 0 | 2 | 4 | 0 | 0 | 0 | 1 | 7 |
| Espanha Ind. Stat. Pyr (Praga) | 1 | 7 | 12 | 5 | 7 | 4 | 1 | 37 |
| Clandestinas russas (Nasha Rossiya, NTS) | 0 | 0 | 6 | 1 | 0 | 0 | 0 | 7 |
| Pequim | 4 | 2 | 32 | 31 | 8 | 9 | 4 | 90 |
| BBC | 40 | 44 | 46 | 29 | 12 | 17 | 14 | 202 |
| Rai | 20 | 36 | 49 | 29 | 7 | 8 | 1 | 150 |
| Estocolmo | 3 | 4 | 8 | 2 | 2 | 0 | 0 | 19 |
| Da República Federal Alemã (Colônia, Bonn, D.Welle) | 1 | 3 | 10 | 11 | 1 | 2 | 0 | 28 |
| Suíças (Soltens, Tessin...) | 9 | 19 | 22 | 24 | 3 | 4 | 1 | 82 |
| Belga | 1 | 2 | 1 | 2 | 0 | 0 | 2 | 8 |
| Holandesa | 0 | 1 | 2 | 0 | 0 | 0 | 0 | 3 |
| Francesa (RTF, EVE) | 0 | 0 | 1 | 3 | 0 | 0 | 3 | 7 |
| Luxemburgo (G.O.) | 0 | 0 | 1 | 0 | 0 | 0 | 0 | 1 |
| Espanholas (RNE, Madrid, do interior) | 41 | 35 | 31 | 22 | 2 | 3 | 0 | 134 |
| Lisboa | 17 | 6 | 10 | 3 | 0 | 0 | 5 | 41 |
| Irlanda | 0 | 0 | 1 | 0 | 0 | 0 | 0 | 1 |
| Áustria | 0 | 0 | 0 | 0 | 0 | 0 | 2 | 2 |
| Vaticano | 22 | 20 | 12 | 6 | 1 | 1 | 0 | 62 |
| Voz da Ístria | 0 | 1 | 0 | 1 | 0 | 0 | 0 | 2 |
| Europa Livre (Munique) | 7 | 24 | 22 | 11 | 5 | 1 | 6 | 76 |
| Liberação | 21 | 16 | 35 | 24 | 6 | 0 | 0 | 102 |
| V.O.A. | 24 | 24 | 27 | 17 | 31 | 19 | 16 | 158 |
| Canadá | 8 | 2 | 1 | 0 | 1 | 0 | 0 | 12 |
| Austrália | 2 | 0 | 7 | 4 | 0 | 0 | 0 | 13 |
| Israel (Kol, Sion, Lagolah) | 0 | 30 | 27 | 16 | 0 | 0 | 0 | 73 |
| Ancara | 23 | 6 | 4 | 12 | 0 | 0 | 0 | 45 |
| Síria (Damasco) | 5 | 2 | 0 | 0 | 0 | 0 | 0 | 7 |
| Líbia | 1 | 0 | 0 | 0 | 0 | 0 | 0 | 1 |
| Irã | 0 | 0 | 0 | 0 | 1 | 0 | 0 | 1 |
| Iraque (Bagdá) | 1 | 0 | 0 | 0 | 0 | 0 | 0 | 1 |
| All India Radio (Nova Delhi) | 12 | 5 | 2 | 3 | 4 | 0 | 0 | 26 |
| Paquistão (Karashi) | 6 | 0 | 0 | 0 | 0 | 0 | 0 | 6 |
| Djacarta | 0 | 1 | 0 | 1 | 0 | 0 | 0 | 2 |
| Saigon | 1 | 0 | 0 | 0 | 0 | 0 | 0 | 1 |
| Cairo | 6 | 4 | 2 | 4 | 1 | 0 | 6 | 23 |
| Brazaville | 1 | 0 | 0 | 0 | 0 | 0 | 0 | 1 |
| Leopoldville (Voz da Concórdia) | 2 | 0 | 0 | 0 | 0 | 0 | 0 | 2 |
| Tânger | 0 | 2 | 5 | 8 | 2 | 0 | 0 | 17 |
| Alger | 0 | 0 | 0 | 3 | 0 | 0 | 0 | 3 |
| Brasil (Rio, São Paulo) | 1 | 0 | 2 | 2 | 0 | 0 | 0 | 5 |
| Uruguai (Montevidéu) | 1 | 1 | 0 | 0 | 0 | 0 | 0 | 2 |
| Colômbia | 1 | 0 | 0 | 0 | 0 | 0 | 0 | 1 |
| Argentina (Buenos Aires, Rosário) | 2 | 1 | 0 | 0 | 0 | 0 | 0 | 3 |
| Quito | 0 | 0 | 6 | 2 | 1 | 0 | 0 | 9 |
| Número de boletins de referência | 66 | 56 | 64 | 39 | 34 | 28 | 24 | 311 |

Estações escutadas por Armando Robin.

[*] Dominique Radufe, *Armand Robin écouteur*, p. 72.

# ANEXOS

Françoise Morvan

# ADIEUX

Françoise Morvan

## Trabalho de escuta

> Escutas de rádios: [Atravessado por mundos
> ruidosos, clamado por todos os gritos, eu
> me esfolo noites adentro] com as melodias
> de depois da meia-noite engano as sombras;
> as nuvens que passam à noite sob o céu de
> agora em diante são compostas por gritos
> humanos que esperam para baixar, e se
> movem secretamente em reinos frequentados
> por ouvidos que não escutam mais.
>
> [*fragmento póstumo*]

Tentar estabelecer um balanço dos conhecimentos relativos ao trabalho de escuta é como fazer o histórico de uma espécie de erro generalizado, de contornos vagos, mas cuja origem deve ser atribuída a dois motivos bem precisos.

O que era possível saber sobre esse aspecto da atividade de Robin se reduzia a seus próprios comentários (isto é, principalmente a *A palavra falsa*) e a uma coleção de boletins de escuta muito incompleta: ora, as condições sob as quais essa coleção era divulgada não permitiam nenhum estudo sério, e produziam ao mesmo tempo um efeito de *verdade suficiente*, sendo o leitor levado a se contentar com explicações que pareciam, ao mesmo tempo, plausíveis.

Essas explicações tinham origem na nota estabelecida desde 1964 por Alain Bourdon para os *Cahiers des Saisons*: "Nesta época [1932], é um revolucionário exaltado. Enamorado da universalidade, ele começa a aprender todas as línguas conhecidas.

Ele viaja também, em condições de penúria material bastante espantosas. Percorre principalmente a Alemanha, a Polônia e a URSS. De volta a Paris, ele frequenta o meio da revista *Esprit* da NRF... Em 1936 presta o exame para a docência, mas fracassa. Ganha então a sua vida dando aulas particulares e cursos em escolinhas preparatórias para o *bachot*.[1] Em seguida inventa um curioso ofício de câmara: a confecção de um boletim de escuta das rádios estrangeiras."[2] Alguns anos mais tarde, a nota **biobibliográfica colocada ao final da edição de 1970 do** *Monde d'une voix* situa sem ambiguidade a invenção do *curioso ofício de câmara* entre 1936 e 1939. Em 1981, ela se torna uma consequência direta da volta da URSS: "1933. Ele tem 21 anos. No oriente dizem que se desenha a promessa de um mundo novo. Ele se vai, parte para a URSS, se engaja em um colcoz para a estação das colheitas. A 'indizível' decepção que colhe determina sua orientação. Ele escreve: 'Por simpatia por milhões e milhões de vítimas, a língua russa passa a ser minha língua natal. Como um querer mais forte em meu querer, me veio a necessidade de ouvir todos os dias as rádios soviéticas: por meio das insolências dos carrascos, atravessando as palavras e como que as ouvindo pelo avesso, pelo menos eu permanecia ligado aos gritos dos torturados. De tão terríveis, esses gritos me lançaram fora de mim, diante de mim, contra mim. Eles me manterão nesse estado por todo o tempo que eu viver'.[3] Mais alguns anos e o trabalho de escuta teria acabado por preceder a viagem à URSS.

---

1 *Bachot*, abreviatura de *Baccalauréat*, grau que se recebe ao final dos estudos secundários. [Nota de Stella Senra]

2 *Cahiers des Saisons*, inverno de 1964, p. 26.

3 Alain Bourdon, *Armand Robin*, Seghers, 1981, p. 36.

A crença na invenção de um ofício único no mundo, exaustivo, mas aturado como se aceita uma vocação, tinha a dupla vantagem de dar crédito à tese do poeta, profeta e mártir, vítima de seu 'prodigioso dom para línguas'"[4] e de dissimular o trabalho de Robin para o Ministério da Informação a partir de 1941. Só faltava sublinhar os elos com a Resistência, evocar a prisão pela Gestapo como etapa do martírio que precede sua inscrição na lista negra do Comitê nacional dos escritores, e pronto.

A versão original do capítulo "Vacances" de *A palavra falsa*, publicada em *Comœdia* em 1942, é no entanto absolutamente clara: "O Ministério da Informação, para o qual eu me lacero toda noite no arame farpado dos programas em língua estrangeira, me informa que dificilmente será possível me conceder férias ainda este ano.[5] Esse ofício que me deram de presente serve-me de pretexto para repousos mais profundos, mais eficientes que todos os sonos", acrescenta ele.[6] Este presente torna-se uma doença em *A palavra falsa*: "Em um tempo em que eu ainda não me reconhecia como contaminado por um ofício, me informaram: "Este ano, de novo, não se pode lhe conceder férias".[7]

Este *se* supõe uma intervenção: a quem será que ele deveu esse inconveniente presente? As hipóteses sobre esse assunto continuaram todas inverificáveis. Em contrapartida, os arquivos testemunham, Robin não inventou nenhum *ofício de câmara*,

---

4 "Explorando seu prodigioso dom para línguas, ele redige um boletim de escuta das emissões radiofônicas internacionais que difunde regularmente, duas vezes por semana, a uma vintena e em seguida a uma trintena de assinantes." Nota biobibliográfica, *Ma vie sans moi* acompanhado por *Le monde d'une voix*, 1970, p. 242).

5 *Écrits oubliés I*, p. 162

6 *Comœdia*, 12 de setembro, 1942. *Écrits oubliés I*, p. 165.

7 *A palavra falsa*, edição de 1953, p. 17.

ele foi contratado pelo Ministério da Informação dia 1 de abril de 1941, como "colaborador técnico de segunda categoria" encarregado das escutas em línguas estrangeiras. Empregado no momento da reorganização do serviço de escutas radiofônicas, ele recebia um vencimento anual de sessenta mil francos. Esse salário elevado (mais de três vezes o salário de um funcionário de banco) e o fato de que ele dispunha de um escritório no ministério, permitem supor que ele não era simplesmente "ouvinte", mas "redator".[8] O trabalho de um "ouvinte-tradutor" consistia em "captar e traduzir sete programas por dia ou por noite", no mínimo; o "redator", que detinha a responsabilidade dos programas captados na sua seção, "devia fornecer um relatório sobre o conjunto dos respectivos programas, seu tom geral, sua orientação etc." e decidir quais emissões deveriam ser cobertas. Ele dirigia, assim, um setor de escutas.

O Centro de Escutas, que cresceu de modo considerável, era ligado ao Secretariado Geral da Informação dirigido por Paul Marion. Uma vez afastado esse último e transformado o Secretariado Geral em Ministério da Informação, Pierre Laval iria, após 1942, acumular as funções de Ministro da Informação e de Presidente do Conselho, antes de ceder o lugar a Philippe Henriot, imposto pelos ss. Uma carta de Armand Robin a Jean Paulhan deixa claramente entender que o boletim de síntese era redigido por Robin: "Eis alguns boletins de informação prometidos. Eu lhe pediria para não os fazer circular demais. Se o senhor puder me entregá-los em envelope segunda-feira

---

[8] Baseio-me aqui no relatório de Stefan Freund sobre o serviço de escutas, texto essencial encontrado e analisado por Dominique Radufe (*Armand Robin, écouteur*, UBO, Breste, 1998).

próxima na NRF, eu passaria para pegá-los terça pela manhã. O senhor verá com o que presenteio Laval todas as manhãs."⁹ É o que confirma o testemunho de Jean Guéhenno: "Ele passa suas noites à escuta do mundo e toda manhã redige um relatório. Sem dúvida não há nenhum homem mais bem-informado que ele. Ele sabe tudo o que se pode saber, levando em conta as censuras, sobre as propagandas que são colocadas em prática".¹⁰

Este ofício talvez lhe tenha tomado menos tempo do que ele disse, mas "fornecer informações de última hora" – o que era a principal função do Centro de Escutas Radiofônicas – devia exigir em tempo de guerra uma disponibilidade permanente. Isto se somava a um aprendizado intensivo das línguas estrangeiras (é desta época que datam suas inscrições na Escola de Línguas Orientais em chinês, em árabe, em finlandês, em húngaro e em japonês) e sobretudo às traduções, à redação de *Le temps qu'il fait*, aos numerosos artigos oferecidos então a *Comœdia* e à NRF.

Esses artigos, seguramente apolíticos e publicados em nome de um apolitismo reivindicado,¹¹ eram pouco compatíveis com o trabalho no Ministério da Informação. Eles acabariam lhe custando a reprimenda e a desconfiança de seus apoios mais confiáveis, Jean Guéhenno, Éluard e Paulhan, principal-

---

9 Carta datada de "quarta-feira 17"; como havia uma quarta-feira em 17 de fevereiro e em março de 1943, não podemos dar mais precisões.

10 *Journal des années noires*, Le livre de poche, 1966, p. 254.

11 "A pedra de toque do verdadeiro escritor é que em todos os casos ele possa se sentir livre, o que ele conseguirá com muita facilidade se evitar fazer depender seu papel humano de um papel político", escreve ele em "L'homme sans nouvelles" (*NRF*, janeiro de 1941, p. 209).

mente[12]. Num primeiro momento, o período de trabalho no Ministério da Informação foi de criação intensa: lançado numa experiência de circulação através das línguas estrangeiras, da vida do planeta dia a dia e da poesia universal, fora do tempo, de uma poesia que lhe permitisse enfim "atravessar o muro da existência individual" e escapar da influência lírica como dos rituais previsíveis, ele é tomado por uma espécie de euforia que pode ser sentida nos *Fragments*, que redige como peças de um grande livro unindo poesia, romance, crítica e tradução, a partir do tema de *Le temps qu'il fait*.[13] Mas o livro se detém, o ponto sem volta sendo marcado pela publicação de três poemas, "Lettres à mon père", "Le traducteur" e "Dieu", que culminam numa constatação de ausência. A partir do outono de 1942, vivendo uma crise profunda, por mais que tente se redimir, entregar as cópias de seus boletins à Resistência, multiplicar as provocações ao ministério e correr riscos que não deixam de representar riscos para outrem,[14] ele não faz mais nada além de se

---

12 Pode-se ler no *Journal des années noires* de Guéhenno uma crítica amarga do número da NRF de janeiro de 1941, e, dentre outros, do artigo de Robin, que não é citado: "Drieu reúne esses últimos artigos e me envia com a esta dedicatória: 'A J.G., que me dará um dia um artigo sobre Voltaire.' Nós não dispomos de nenhum meio para dizer a esses senhores o que pensamos de sua atividade. Pelo menos podiam nos deixar em paz. O pior é que eles tentam fazer passar nosso silêncio e o partido que tomamos de nada publicar por uma covardia. 'Por felicidade' escreve um deles no último número da NRF, 'nem Voltaire nem Diderot pensam assim'. Não há nada a fazer, senão ranger os dentes. Impossível responder sem se oferecer para entrar nas prisões do ocupante." *Journal des années noires*, p. III.

13 A propósito deste livro, ver *Fragments*, Gallimard, 1992.

14 A este respeito, podemos nos reportar ainda ao *Journal des années noires*: "Esta manhã, o telefone me desperta. É um jovem louco que, sem se preocupar com escuta telefônica, me brada seus projetos: quer me ver o mais cedo possível, fundar uma revista internacional que escarneça da censura alemã. Seu frenesi me faz perceber melhor o meu desespero." Op. cit., p. 414.

enterrar em contradições insolúveis – assumindo ao extremo um papel de justiceiro que deveria levá-lo, mesmo no Ministério da Informação e nos meios literários, a se apresentar como responsável por uma palavra verdadeira, sozinho contra todos, único homem do povo contra os burgueses, comprometidos porém hábeis.

De fato, longe de mostrar um oportunismo prudente e de efetuar uma discreta reconversão, como a maioria dos homens de letras que passam então, em alguns meses ou até mesmo semanas, da imprensa colaboracionista às *Lettres françaises* e a outros órgãos do mesmo gênero, ele ataca Éluard, Seghers e Aragon em nome de um comunismo autêntico que estes, a seus olhos, traem. Daí resulta a inscrição na lista negra do Comitê Nacional dos escritores a título de adendo, por assim dizer;[15] ela evidentemente nunca foi pedida por Robin; só se explica por suas opiniões trotskistas e tampouco diz respeito a uma vingança baixa.

Seria fácil lembrar as ambiguidades dos membros do CNE que o julgavam, Aragon, Paulhan, Sartre e Audisio dentre tantos outros, e ironizar as listas negras; seria fácil também lembrar que, diferentemente dos cronistas da imprensa colaboracionista bretã racista, como Hemon, Drezen, Langlais, Creston, e outros sempre beneficiados por homenagens oficiais, Robin só foi culpado de não ter sido o que pretendia ser. Os serviços que prestou à Resistência foram comprovados por Albert Camus para o *Combat* clandestino, Gilles Martinet para a Agência de Informação e de Documentação, Aurélien Sauvageot e outras

---

15 A lista negra foi publicada dia 21 de outubro de 1944; dia 28 o CNE acrescentava à sua *lista de escritores indesejáveis* o nome de Paul Morand, depois, dia 4 de novembro, o de Armand Robin.

testemunhas que, todas, confirmaram suas afirmações;[16] não há razão para pô-las em dúvida, mesmo se evocam fatos tardios.

Destituído do ministério por meio de decreto de 30 de novembro de 1944, ele prossegue as escutas por conta própria. Em que medida inovou, em que medida retomou o trabalho que lhe era pedido no ministério, prosseguindo sozinho uma espécie de serviço autônomo e continuando a redação do boletim de sínteses bem parecido ao que entregava todo dia? É impossível responder. "Eu me arruinei para comprar o melhor **aparelho de rádio que existe na terra**; um aparelho profissional americano que é uma maravilha", escreve ele dia 20 de julho de 1945 a Jean Paulhan. Dois anos mais tarde, um reconhecimento de dívida menciona a tomada de empréstimo de Gaston Gallimard de 45 mil francos para a compra de um aparelho de rádio.[17] O que o próprio Robin diz quanto a isso parece exato no seu laconismo: "Apesar de diversas circunstâncias terem aparentemente contribuído, só os movimentos interiores me levaram pouco a pouco a viver curvado sob os programas em línguas ditas estrangeiras. Em vez de o escolher, esse ofício foi tomando conta de mim, de naco por naco de minha alma."[18]

*

---

16  Ver a esse respeito *Armand Robin, bilans d'une recherche*, tomo I, p. 34, tomo II, capítulo "Écoutes", p. 504 ss.

17  16 de maio de 1947, inédito, conservado pelas edições Gallimard.

18  Ver, neste volume, p. XX.

Da liberdade reivindicada à afirmação de convicções libertárias pode haver uma longa distância. Aderindo à Federação Anarquista, distribuindo no metrô seus *Poèmes indésirables*, redigindo seus prefácios virulentos "em nome de ideias irredutivelmente de extrema-esquerda", Robin parece mesmo colocar seus atos de acordo com suas palavras por meio de um tal trabalho marginal, e não há razão para duvidar de uma sinceridade que, se convive com incoerências e reviravoltas bem embaraçosas, as dissimula de modo tão desajeitado que as acaba denunciando por meio de uma curiosa franqueza. No entanto, vivendo desde então *curvado sob os programas de rádio*, ele se sentia também tributário de seus assinantes, que não podiam com certeza ser recrutados dos meios anarquistas: o boletim de escuta de tiragem limitada, como todas as cartas confidenciais, custava muito caro. O número de assinantes variou de 29 em 1952 a 45 em 1958, antes de cair a 35 no curso de seu último ano. A respeito desses assinantes, foram recuperadas as afirmações mais fantasiosas sem a mínima verificação; mas qual o motivo para duvidar, por exemplo, que o Vaticano, o Ministério das Relações Exteriores francês ou jornais como *Le Libertaire* ou *Le Canard enchaîné* (para nos limitarmos aos títulos mais citados) fizeram parte deles? Ao final de dez anos de pesquisa, ainda nos encontramos diante de hipóteses: dos 34 assinantes considerados plausíveis, apenas onze foram identificados com certeza: além de três instituições (o Eliseu, o Conselho Econômico e Social, O Conde de Paris, o Serviço de Radiodifusão Francês), dois periódicos (*Œdipe* e *La Nation Française*), o Conde de Paris, G. Bérard-Quellin, Georges Albertini, Pierre de Villemarest, Henri Martin, Willy de Spens, ou seja, principalmente autores de cartas confidenciais e de jornais ligados à extrema-direita.[19] Seria possível dizer que esses assinantes eram representativos do leitorado de Robin? Não, pois sabemos que ele entregou durante certo tempo seu boletim pelo menos ao *Libertaire*, ao qual ofereceu um grande número de artigos, anônimos ou não, e que entregou, gratuitamente ou não, ao *Combat*, mesmo se esse jornal não guardou traço disso (mas nenhum organismo, nenhum jornal conservou o boletim, o próprio da informação era ser efêmera e as cartas confidenciais não eram submetidas ao depósito legal). Temos bons motivos para pensar que o *Le Populaire* e *La Gazette de Lausanne*, com os quais Robin colaborou, foram também assinantes, sem que uma prova formal possa no entanto ser mostrada. Enfim, as assinaturas atestadas podem ter ocorrido ao final de sua vida, quando o boletim passava por uma fase de declínio devido, ao mesmo tempo, ao esgotamento e ao desinteresse – um desinteresse tão profundo que surpreendemos às vezes Robin participando a seus leitores: "Encontrar alguma coisa de interessante num programa de pura propaganda é como procurar uma agulha no palheiro", escreve ele ao final do boletim nº 5 de 1961. Ora, justamente a partir de 1956. "Que me desculpem esta fórmula humorística, me ocupo de coisas tão cansativas, que absolutamente não me interessam."[20] Ora, justamente a partir de 1956 o boletim só encontra ecos no *La Nation française* onde, contando com o anticomunismo e a procura de uma terceira via contra a URSS e os EUA, suas aná-

---

19 Para uma análise mais precisa, ver o inventário crítico dos assinantes na tese de Dominique Radufe, *Armand Robin ouvinte*, pp. 129-142.

20 Boletim n. 70 de 20 de setembro de 1956.

lises reforçam as dos assinantes bem afastados das posições irredutivelmente de extrema-esquerda reivindicadas até então.

Sem dúvida o problema é que só conhecemos o trabalho de escuta por meio de sua segunda fase, já uma fase de declínio. Na verdade, o primeiro boletim conservado é o de número 42 de 1952, aqui reproduzido; a coleção mais completa, de Alain Bourdon, que provavelmente se origina em boa parte dos arquivos encontrados por Claude Roland-Manuel no quarto de Robin só tem início verdadeiramente em 1955, prosseguindo regularmente, apesar de lacunas, até a morte de Robin em 1961. Falta assim todo o início, que corresponde à colaboração com o *Libertaire* (de 1945 a 1952), à publicação da crônica do *Combat* "Expertise de la fausse parole" (em 1947 e 1948)[21] e à preparação de *A palavra falsa,* cuja publicação, em 1953, é na verdade a finalização de dez anos de trabalho de escuta. Ora, quando seguimos os programas de poesia produzidas entre 1951 e 1953, as traduções escritas de 1949 a 1958, sem sequer mencionar a produção poética de Robin, constatamos tamanho enfraquecimento após 1953 que julgar tal experiência sobre os boletins conhecidos é tão injusto quanto considerar os poemas do final de sua vida como representativos.

A isto acrescente-se que a única sequência dos boletins disponíveis é ao mesmo tempo posterior à publicação de *A palavra falsa* e à morte de Stálin: "Stálin morreu na Rússia há muito tempo", escreve Robin ao final do antepenúltimo capítulo, mas

---

21 Falta assim todo o início, que corresponde à colaboração com o *Libertaire* (de 1945 a 1952), à publicação da crônica do *Combat* "Expertise de *La fausse Parole*" (em 1947 e 1948) e a preparação da *A palavra falsa* cuja publicação, em 1953 é de fato o coroamento de dez anos de trabalho de escuta.

a morte de Stálin, em 5 de março de 1953, corresponde precisamente à publicação do livro, e à supressão progressiva de sua heroína, a propaganda obsessiva. "A morosidade marxista, após sua morte, fez com que nunca mais se encontrasse alguém suficientemente apto para perturbar o sonoro nada", escreve Robin no último de seus textos consagrado às escutas:[22] mas a "morosidade" é a sua mesmo, e o "sonoro nada" designa bem sua própria impotência para decifrar uma linguagem privada de origem, tendo o inimigo desaparecido e, com ele, o motivo do combate.

\*

Com essas reservas, as informações recolhidas sobre a prática desse ofício só confirmaram o que já indicava a reedição de 1979: depois de ter passado pelas escutas de dia e de noite, retomado certas gravações e anotado o essencial da informação utilizável, Robin devia redigir, datilografar e em seguida mimeografar os textos. Em seguida ele precisava colocar os boletins nos envelopes e ir distribuí-los. Este problema da distribuição o perturbou constantemente; a última nota do último boletim, exatamente antes de sua morte, indica: "Faltava organizar o encaminhamento regular do boletim. Levá-lo pessoalmente a todos os assinantes de Paris representava uma perda de tempo; com o acordo dos leitores que moravam longe, eu o enviaria pelo correio, o que me permitiria levá-lo regularmente aos leitores próximos." Às vezes encontramos menção à duração das escutas, mas essas indicações são esparsas demais e muito par-

---

22 "Ultraescuta", 1957. [Nota de Françoise Morvan]

ciais para permitir uma avaliação correta do tempo gasto em média. Desde o início, ele enfatizou como esse ofício tomava tempo: "Eu trabalho materialmente quatorze horas por dia: das dez horas que restam, consagro três ao sono e quatro à minha obra pessoal", escreve ele a Jean Bouhier em 15 de março de 1943 – mas sem dúvida entra aí uma parte de prazer ao encenar uma luta heróica contra as propagandas e um alívio ao poder ao mesmo tempo se livrar da culpabilidade de ser, ele mesmo, filho de um camponês, um fazedor de frases, um homem de letras: este era um verdadeiro trabalho que impunha, como o trabalho na terra, oferecer seu tempo sem calcular.

Não é de espantar que a apresentação dos boletins seja negligenciada. Linhas se encavalam, palavras são esquecidas ou barradas, letras se invertem: Robin só retificava se houvesse risco de confusão. No entanto os boletins não dão uma impressão de desmazelo, muito ao contrário. É um trabalho limpo, que despreza as conveniências; vai direto ao objetivo e busca antes de tudo ser útil. Esse aspecto combina com a franqueza abrupta e frequentemente zombeteira dos relatórios. A submissão à ordem se manifesta em primeiro lugar por uma certa apresentação do escrito, por um respeito às fórmulas rituais, por uma uniformidade. Robin não desafia esses ritos de submissão, ele os ignora com uma candura que poderia parecer próxima da provocação – já que os boletins eram vendidos, entre outros, ao Conde de Paris e ao Eliseu –, mas se mantém além de qualquer provocação. Afinal de contas, esses boletins mal apresentados têm sua beleza, que é comovente.

A mesma atitude pode ser encontrada no modo de trabalhar o material bruto para extrair-lhe a informação utilizável. Duas regras gerais: não ouvir programas em língua francesa, já que todo mundo pode entendê-los; não perder tempo com as informações já conhecidas dos jornais. Três maneiras de apresentar os fatos; eles podem ser simplesmente enunciados (a rubrica "Última hora" reúne uma poeira de notícias); elas são, em geral, comentadas mais ou menos longamente, seja porque Robin opera aproximações, comparações, seja porque lança hipóteses (ver, por exemplo, "A campanha pela liberação de Jacques Duclos", boletim nº 42 de 1952). Enfim, quando a situação parece ter evoluído, ou quando se trata de pontos que julga importantes, ele se entrega a uma análise aprofundada, a uma espécie de balanço (ver boletim n. 9 de 1955). *A palavra falsa* nasceu como prolongamento dessas análises.

\*

O objetivo do trabalho de escuta parece ter sido duplo: por um lado, graças à escuta das rádios do interior, obter esclarecimentos inéditos, precisões, até simples interpretações que permitissem compreender melhor as informações filtradas pelos governos totalitários; por outro, tentar prever o acontecimento. Ao longo dos anos, o segundo objetivo teve uma tendência a ganhar do primeiro: Robin não podia, sozinho, substituir todo um serviço de escuta. De cotidiano, o boletim passou a ser rapidamente bi-hebdomadário, o trabalho exigido sendo já considerável.

Para avaliar a eficácia do método e seus limites, uma das análises mais interessantes é a do boletim nº 43 de 1955, intitulada "No interior da Rússia: a passagem do bolchevismo ao 'trabalhismo' – a ausência do culto do 'chefe'". Ao final de uma longa explicação, Robin acaba por constatar que "a ausência do culto do chefe nas atuais rádios russas do interior e internacionais sobressai do fato de que, salvo algumas exceções, não ouvimos falar mais particularmente de Bulganin quanto de Khrushchov (...) nesses últimos dias, Bulganin continuou a ser frequentemente nomeado, mas do ângulo de uma personalidade oficial (...). Não ouvi nomear Khrushchov, mas aqui uma precisão se faz necessária.

Sob Stálin, e nos meses que se seguiram à morte do ditador, para uma informação exata havia o maior interesse em atentar para detalhes como: a ordem na qual eram nomeados os dignatários do regime etc. Esta fase nos parece atualmente ultrapassada, pelo menos em geral (...). Para nos fazer entender, confrontemos o estado das atuais rádios russas do interior num outro plano: ao falar da China (...), não se nomeiam mais os dirigentes chineses individualmente: ao falar da Iugoslávia, não se nomeia Tito etc. EM RESUMO, A TÔNICA, SE PUDERMOS DIZER ASSIM, É COLOCADA ATUALMENTE SOBRE O ANONIMATO; curiosa consequência; pelo contrário, as 'personalidades' são postas em evidência, individualizadas ao máximo, cada vez que se trata do mundo não russo."

Esse texto foi escrito em 1955. Ora, foi em fevereiro de 1956 que o Comitê Central dos PCUS pronunciou-se contra o "culto da personalidade, estranho ao espírito do marxismo-leninismo"... Costuma-se situar no XX Congresso a desestalinização que tinha começado bem antes, como Robin destaca. Os boletins de escuta então permitiam prever a denúncia do culto da personalidade e também a tensão sino-soviética.

Da previsão à revelação profética há uma grande distância, e a informação, incansavelmente retomada pelos comentadores, segundo a qual Robin teria tido, em 1954, ao mesmo tempo a revelação da existência de Khrushchov e a certeza de que ele iria aceder ao poder supremo dá bem a medida das aberrações às quais chegou a vontade de ver em Robin um *fausto das ondas*. A informação veio de um artigo publicado em 1969: "Um dia, por exemplo, ele revela: 'um senhor do qual não ouvi falar acaba de pronunciar um discurso muito importante num pequeno lugar na Sibéria, e a desproporção entre o discurso e a aldeia me faz pensar que esse senhor vai ser de importância". Esse senhor se chamava Khrushchov – (*sic*). Ele acabara, de fato, de pronunciar um enorme discurso num pequeno lugar. E isto se sabe desde o ano de 1954...".[23] Em 1955, como mostra o boletim nº 9 reproduzido aqui, Robin, que acompanha há muito tempo o itinerário de Khrushchov, prevê sua ascensão e a demissão de Malenkov, mas se trata apenas de uma previsão de curto prazo. Em 1958, um boletim de escuta menciona mesmo um discurso de Khrushchov na Sibéria, sem que haja aí a mínima revelação: nesta época, o posto-chave ocupado por Khrushchov, secretário geral do PCUS, permite prever sua ascensão ao poder. Afirmar que antes de morrer Robin oferece um prodigioso presente a seus leitores anunciando que Kossygin vai suceder a Khrushchov não é menos aberrante: Kossygin era então vice-presidente do conselho de ministros: Robin assinala de passagem que seu nome foi avançado a propósito de uma operação sobre a qual não comenta nada; daí a prever que ele ia suceder Khrushchov três anos depois falta muito.

---

23  Alain Bourdon, *Études*, janeiro de 1969, p. 68. [Nota de Françoise Morvan]

Fora de todo profetismo, o que constituía o interesse do boletim era o que Robin chamava de "previsão à distância por dedução lógica". Para que a análise fosse eficaz, ela devia ser exercida contra um sistema tão coerente quanto possível, organizado e controlado por um partido central, único e todo-poderoso: a liberalização, mesmo aparente, das rádios pós-stalinistas ia de encontro então, por uma curiosa ironia, aos interesses do ouvinte. Ocorre que a confrontação das interpretações de um mesmo acontecimento pelas rádios dos principais países do mundo era uma fonte de informação e de previsão a não negligenciar, precisamente porque esses programas, mesmo se não oferecessem informações inéditas, forneciam indicações a respeito das intenções dos governos pelo tom, a frequência dos comentários e até pelas distorções dos fatos. Poderemos ter como referência os quadros das estações e das línguas ouvidas que oferecem, mais que uma longa demonstração, uma ideia do trabalho realizado. **A eficácia dos boletins dependia, primeiramente, da vigilância** do ouvinte e de sua capacidade de operar sínteses – sínteses sempre provisórias e que deviam muito à intuição. É à extrema atenção que Robin prestava às palavras que ele devia suas intuições. E daí vem também, ao termo desse trabalho extenuante, o júbilo que sentimos claramente nos boletins: a impressão de participar de uma partida planetária de esconde-esconde, e de ser, enfim, o mais esperto.

\*

Elaboração e encenação, conclusão de um trabalho enigmático, o livro *A palavra falsa* tem também por objetivo lhe conferir um novo estatuto. As datas apresentadas após a conclusão deixam entender que o livro teria sido escrito de 1941 a 1950. De fato, a composição do volume pode ser seguida sem dificuldade a partir de um texto inaugural, o artigo intitulado "Vacances" publicado na *Comœdia* em 1942. Todo o volume é uma extensão desse artigo, assim como *Le temps qu'il fait* é uma expansão da novela "Homens sem destino" publicada por *Europa* antes da guerra. Mas trata-se de uma origem ligada a um passado que é preciso apagar. O novo ponto de partida é, em 1949, um artigo intitulado "Além da mentira e da verdade: Moscou no rádio", publicado pela *Revue de Paris*; ele se tornará o antepenúltimo capítulo de *A palavra falsa*. Segue, de agosto a outubro de 1950, uma série de três artigos oferecidos à revista *84*: primeiro, uma versão de "Vacances", precedida de uma breve introdução, "Um lugar me tem", e depois o que deveria se tornar "Ultraescuta II" e "Ultraescuta I". É no último momento, em dezembro de 1953, que aparece em *Preuves* "O povo de telecomandados". Robin contentou-se em retomar esses artigos, como que em sentido inverso, para recuperar o passado e aí acrescentar uma introdução, uma conclusão e um capítulo, "A não língua de todas as línguas" (que, aliás, pode ter sido publicado numa revista que não conseguimos encontrar). Com a passagem de *84*, uma revista recente de pesquisa literária dirigida por Marcel Bisiaux, à *Preuves*, e em seguida às edições Minuit,[24] Robin reencontrava seu lugar no mundo literário, dando prosseguimento, desde então, a uma experiência de clandestinidade à luz do dia que não deixava de lembrar a solidão de Maiakovski, tal como de-

---

24 A escolha desta editora que tem origem na Resistência só podia ser intencional da parte de Robin, que estava sob contrato com a Gallimard para dez volumes.

veria evocá-la ao final de sua vida: "O 'isolado social perfeito' se revela, se bem observarmos, não apenas muito acompanhado, mas também adaptado; sua solidão é tão pública que todos vão contemplá-la...".[25]

Teria ele conseguido publicar na NRF, como anuncia no boletim nº 7 de 27 de setembro de 1957, uma crônica do rumor do nada, "uma espécie de metafísica, de 'moral' também das escutas de rádio — ou, se preferirmos, uma 'poesia' dessas escutas"? O projeto não teve continuidade, mas mostra claramente que Robin estava consciente de que os boletins de escuta, sem a menor prosódia e a menor referência poética, são uma grande epopeia dando seguimento ao ciclo "Ulisses renovado" dos *Fragmentos*, ou a epopeia da não tradução por uma via ainda menos previsível. Esta epopeia do "si esvaziado do eu"[26] é, como o sonho de Dom Quixote, como o do capitão Achab, o motivo graças ao qual o conjunto pode se agenciar. Ao se levar em conta essa epopeia, tudo desaba, e os "acontecimentos derrisórios" tornam-se meros detalhes de um afresco em movimento. O leitor se deixa levar pelos boletins de escuta como Robin pela substância física das informações, pela voz, pela escansão das línguas, pelos retornos dos temas. A demência de Robin se funde com essa demência generalizada, seu delírio se perde no delírio universal; nesse sentido, essa perdição é uma forma de saúde. Ela pode assumir as aparências as mais fantásticas pois, por mais fantásticas que sejam, jamais ultrapassarão os exageros dos delírios planetários. Ela pode ter livre curso

25 *Gazette de Lausanne*, 31 de janeiro de 1959, *Écrits oubliés I*, p. 334.
26 "Vacances", *Écrits oubliés I*, p. 164.

sem precisar de cenário nem de intriga: no pano de fundo, nos "universos fantasmáticos" evocados em *A palavra falsa*,[27] gesticulam monstros sem nenhum atributo além da sua qualidade de chefe de Estado. Stálin ou Mao, reis segundo Shakespeare, transformados em enormidades ubuescas. Quanto mais o boletim avança, mais os vemos tornarem-se enormes, como esses personagens inflados dos sonhos da infância. Eles se derretem, se perdem, sem que se saiba onde nem como, eles vêm representar seu papel numa epopeia que lhes escapa, e desaparecem. É uma epopeia trágica: sabemos que assistimos a uma lenta perdição. Mas é uma perdição por derrisão, inscrita desde sua origem numa espécie de *romance cômico* – um romance de comediante em que Maiakovski ainda pode ser vislumbrado, "Mefistófeles de boa vontade" brincando "com o grandioso como o primeiro rebento brinca de querer agarrar o céu".[28]

Agosto de 2002

---

27  Reedição de 1979, p. 38. [Nota de Françoise Morvan]

28  Maiakovski, in "Trois poètes russes", *Écrits oubliés I*, p. 183. [Nota de Françoise Morvan]

# Introdução à edição francea

> Eis aí alguém em cujo espírito lugar
> algum se torna rígido, do lado do
> coração e que não sente de repente
> sua alma à esquerda. Eis aí alguém
> para quem a vida é um ponto, e para
> quem a alma não tem fatias, nem
> o espírito começo.
>
> Antonin Artaud

O pedido de inclusão de *A palavra falsa* (primeira edição) era de uma concisão exemplar:

"Armand Robin inventou um ofício que se exerce em casa, e graças ao qual podemos ser transportados para todos os pontos do mundo onde se fala. Despesa de instalação: um aparelho de rádio. Conhecimentos exigidos: uma quinzena de línguas vivas.

Ele registra suas notas de escuta num pequeno boletim de informação.

*A palavra falsa* é o diário de um diário, que evidentemente não é destinado aos leitores do boletim. Propagandas de todos os gêneros, mecânica da mentira e guerra psicológica são ali implacavelmente denunciadas. Denunciadas por um poeta que sabe o que significa falar e que reinventa, numa língua conhecida só por ele, o verdadeiro uso da fala."

O essencial já está dito, e tendo a sobriedade do texto o mérito de colocar numa luz nítida os fatos enunciados com tanta simplicidade, seríamos tentados a não acrescentar nenhum comentário.

No entanto, um quarto de século decorreu desde a publicação de *La fausse parole*, Armand Robin foi pouco a pouco esquecido e vários de seus livros não se encontram mais. Os que o conhecem por ter lido *Ma vie sans moi* e *Le monde d'une voix* o descobriram, paradoxalmente, por meio de uma parte de seu trabalho à qual ele renunciou desde que, poeta, muito cedo buscou se livrar de sua própria poesia.[29] Seu trabalho, que não pode ser comparado a nada de conhecido, parece ao mesmo tempo aberto e de uma abordagem bastante desconcertante. É verdade que as análises de *A palavra falsa* dispensam comentários, mas se inscrevem num conjunto de trabalhos que as completam, as prolongam, nelas tocam por um viés ou outro, e decorrem de uma abordagem inteiramente particular. Compreender essa abordagem e ressituar *A palavra falsa* nesse conjunto permite, sem dúvida, apreender melhor o interesse de certos capítulos.

> *Em virtude de propaganda soprada de boca a boca acabou se acreditando que nasci em Plouguernével (Côte du Nord) dia 19 de janeiro de 1912...*[30]

Também se acredita que Armand Robin morreu dia 30 de março de 1961 em Paris. Aliás, ele não se chamava Armand, mas Vincent

---

29 "Que seja assinalada pela última vez minha gratidão a Blok, Iessiênin, Maiakovski e Pasternak por terem me defendido contra minha própria poesia, a importuna." *Quatre poètes russes*, p. 7.

30 "L'homme sans nouvelle", N.R.F., outubro de 1961.

– esse detalhe insignificante é entretanto revelador: do mesmo modo que ninguém nunca usou seu nome oficial, ele se esforçou constantemente para eludir sua existência oficial, para se tornar vacante e, tendo se desembaraçado de si, chegar naquele estado de disponibilidade absoluta que é evocado em *A palavra falsa*.

Que ele tenha nascido na Bretanha, na época em que se iniciava o grande desmantelamento da sociedade rural tradicional, é uma realidade determinante que não pode ser ignorada. Armand Robin vem de um outro mundo – de um outro mundo e de um outro tempo. Camponês bretão, ele fez parte inicialmente de uma esfera imóvel e fechada, mas ligada ao universo por ciclos que pareciam eternos. Na Cornualha, a fazenda era uma espécie de ilha terrestre, praticamente inalterada desde a Idade Média. Ali ele aprendeu a nomear em bretão aquilo que o rodeava, e ali aprendeu o peso das palavras: quando o trabalho ocupa o corpo dias inteiros, não se desperdiçam as palavras; elas são um bem, porém em perigo, pouco confiável. O Pai, em *Ma vie sans moi*, assim como em *Le temps qu'il fait*, é aquele que desconfia das palavras. Esse respeito pela palavra, esse desejo de protegê-la como se cuida de uma planta frágil e essa desconfiança orientaram toda a vida de Robin.

> *Nascido daqueles que não têm palavras*
> *para seus gritos, para aplacar meus remorsos,*
> *eu pelo menos embaralhei de língua em língua*
> *minhas palavras.*[31]

---

31 Inédito. Fragmento encontrado no quarto de Robin após sua morte.

Nada o destinava a deixar a fazenda. Se não tivesse sido incitado a continuar seus estudos, o francês teria continuado, apesar da escola, a ser sua segunda língua, uma língua oficial, artificial, emprestada – e na qual Robin, apesar de seu virtuosismo, sempre se sentiu de empréstimo.

Homem do povo e bretão, Robin reivindicou constantemente esse duplo pertencimento. Mas, para assumi-lo, ele teria de aceitar o destino de seu pai, de seus irmãos. O francês dava acesso a um mundo de conhecimentos infinitamente mais ricos... Se ele não colocou em dúvida essa escolha (*Le temps qu'il fait* o mostra muito bem), desde muito cedo Robin a percebeu como uma traição. Tendo renunciado à sua língua materna, renunciado ao trabalho na terra e aceitado o exílio, recusou a se dizer francês, recusou o acesso à burguesia que seus estudos lhe tornavam possível e não conseguiu se satisfazer com o saber convencional que lhe propunha a universidade. Nem francês nem bretão, nem burguês nem proletário, ele se sentiu desde então definitivamente desenraizado. E é sua vontade de assumir essa posição de ruptura que determinou seu trabalho.

A viagem à URSS, dois anos antes da de Gide, foi ocasião de uma segunda ruptura. "No início", escreve ele em *A palavra falsa*, "meus dias indizivelmente dolorosos na Rússia...". Em 1934, Robin era comunista. Estudava o russo há dois anos (o que, na época, podia parecer bastante excêntrico). Percebe-se bem que a URSS era para ele um lugar de ancoragem, uma pátria mental – um país, mas também uma língua à qual se sentir ligado. "Sem dúvida contava, em minha predileção por esta terra, o que alguns chamarão de um preconceito de classe social", observa ele, não sem ironia, no seu prefácio a *Quatre poètes russes*. E acrescenta: "Após uma longa busca, descobria palavras frescas, violentas e tocantes, estremecendo de uma terna barbárie ainda mal domada". Ora, o texto original[32] foi corrigido: não se lia mais "eu descobria", mas "eu reencontrava".

"Quem dirá o que a URSS foi para nós? Mais que uma pátria de eleição: um exemplo, um guia. Aquilo que nós sonhávamos, que mal ousávamos esperar, mas para o que tendiam nossas vontades, nossas forças, acontecia lá. Era, portanto, uma terra onde a utopia estava em vias de se tornar realidade...".[33] As ilusões de Gide foram as mesmas de Robin, e a expressão "pátria de eleição" tinha para ele todo o sentido. Se a decepção de Gide foi grande apesar dos favores, dos elogios e atrativos da viagem, para Robin, que trabalhou com camponeses na colheita e conhecia a pobreza por experiência, o choque alguns meses após a morte de sua mãe terminou brutalmente de romper os últimos elos e, mais ainda, por convencê-lo de que ele devia manter-se em estado de ruptura. O que, tanto quanto a opressão do povo – e porque a opressão passa primeiro pela palavra –, o aterrorizou, foi precisamente a descoberta do uso que podia ser feito da palavra. Gide ficou chocado pelas propagandas, como fica todo espírito humanista. O terror de Robin vai muito além. Ele não vê nesse "desencadeamento cientificamente calculado de forças mentais obsessivas"[34] um mal provisório (porque todo regime político deve tender para a democracia como para o melhor regime possível – ou porque a ditadura do proletariado é um estágio a ser ultrapassado...), mas um instrumento de dominação eficaz demais para que seu uso não seja generaliza-

---

32 N.R.F., fevereiro de 1943.

33 André Gide, *Retour de l'URSS*. Paris: Gallimard, 1936, p. 15.

34 Ver, neste volume, p. XX.

do por aqueles que podem tirar vantagem dele. Ele compreendeu o suicídio de Iessiênin e de Maiakovski e o silêncio de Blok como uma confissão de impotência: o poder de expressão tinha sido retirado da superfície do globo, todos os ruídos tinham silenciado, não era mais possível escrever como antes. Era preciso, portanto, inventar novas formas de trabalho.

"Como um querer mais forte em meu querer, veio-me a necessidade de ouvir todos os dias as rádios soviéticas: por meio das insolências dos carrascos pelo menos eu permanecia ligado aos gritos dos torturados, atravessando as palavras e como que as ouvindo na sua outra vertente. [...] Em todo lugar eu mendigava um não lugar. Eu me traduzi."[35] O aprendizado de línguas estrangeiras responde assim a uma dupla intenção: a de tornar-se o que ele era, de se tornar "sem limite, sem solo, sem céu",[36] de se eliminar do jogo e dissolver o eu para alcançar uma espécie de "grau zero da existência" e de coincidir com o destino dos oprimidos ao participar da sua resistência. Esse aprendizado responde também a uma dupla necessidade: trabalhar para a palavra e trabalhar contra a palavra falsa. Enfim, num momento em que a literatura da "província Europa"[37] era posta em questão pelos próprios escritores, há aqui uma tentativa muito espantosa de escapar ao "impasse da escrita" e de buscar uma forma de universalidade concreta.

> *Eu me traduzi em Ady num momento em que*
> *percebi que a salvação pela criação estética não*

---

35 Ver, neste volume, p. XX.

36 *Le monde d'une voix*, p. 201.

37 *Ibid.*, p. 77.

> *bastava mais: era preciso ou subir mais alto, ou descer numa queda vertical até a morte. O tempo não ia a lugar nenhum: um acontecimento que não se esperava tinha se iniciado no plano das transformações que não se manifestam: enorme, ele preenchia o século. Em algum lugar, um novo espírito humano estava em construção, e todos os ruídos que não eram os ruídos desta construção não passavam de um aterrorizante silêncio.*

Este texto de apresentação dos poemas de Ady[38] é uma primeira versão do capítulo "Ultraescuta I" de *A palavra falsa*: ao justificar seu trabalho de tradutor, Robin justifica também seu trabalho de "ouvinte". Traduções e escutas são os dois polos de uma mesma atividade. E, por trás desse trabalho de aprendizado, de decriptar, de tradução palavra por palavra, torrão por torrão como se desbrava a terra, uma certeza era constantemente reiterada: se as propagandas constituem uma linguagem universal, para além das línguas, sob a reunião de signos arbitrários, a poesia é uma ultralíngua acessível a quem se faz atento. Não há línguas estrangeiras; as mais "estrangeiras" não passam de um meio mais eficaz para chegar a essa ultralíngua singular. "É inconcebível **para sempre** que a poesia possa ser traduzida".[39] Assim, ao se não traduzir, Robin torna-se ora Iessiênin, ora Blok, Pasternak, Ady, Mickiewicz e Caiam — para citar apenas aqueles junto aos quais ele se deteve mais tempo. Ninguém neste século descobriu e introduziu na França tantos poetas: os dois

---

38 *Poèmes d'Ady*. Fédération anarchiste, 1946, p. 9.

39 *Poésie non traduite I*. Prefácio.

tomos de *Poésie non traduite*[40] podem servir de guias a quem quiser se iniciar na poesia universal; a partir deles se abrem os caminhos mais seguros. Ninguém percebeu com tanta sutileza o que era próprio de cada voz — e, no entanto, a voz de Robin aí não se perde; ao contrário, é nas suas não traduções que ela irrompe melhor, a ponto de alguns poetas parecerem ter escrito Robin para o próprio Robin.

Como se espantar que sua obra pessoal tenha lhe parecido cada vez mais supérflua? *Ma vie sans moi* e *Le temps qu'il fait* foram bem acolhidos (e comentados notadamente por Maurice Blanchot em três artigos retomados em *Faux pas*). Robin não escreverá mais nada parecido: alguns fragmentos de poemas, alguns rascunhos que serão reunidos em *Le monde d'une voix*, mas que não estavam provavelmente destinados à publicação; após sua condenação pelo Comitê Nacional de Escritores,[41] *Les poèmes indésirables*, que retomam o duro martelar das propagandas e, como que levados por um furor definitivo, entoam suas invectivas até a obsessão.

Vivendo doravante em estado de constante esgotamento, Armand Robin deixa de pertencer ao mundo: sua vida torna-se, por meio do mais estranho desvio, experiência poética contínua. E

---

40 Noventa e nove poemas, 45 autores, dezenove línguas (chinês, russo, árabe, esloveno, uigúrico, calmuco, mari, húngaro, polonês, gaulês etc.).

41 O Comitê Nacional dos Escritores foi uma organização da Resistência Literária que teve origem na Frente Nacional dos Escritores, criada em 1941 sob inspiração do Partido Comunista Francês. Incluiu escritores diversos como François Mauriac, Jean Paulhan, Paul Valéry e Aragon. Sua tarefa principal era elaborar regras éticas em relação à imprensa autorizada e a futura depuração dos meios artísticos. A partir da Liberação o CNE elabora "listas negras" que visam descreditar escritores próximos aos alemães e até proibir suas publicações (como Céline, Jean Giono, Charles Maurras entre outros). [Nota de Stella Senra]

as próprias escutas participam dessa experiência. "Sem palavra, sou toda palavra; sem língua, sou cada língua. Incessantes explosões de rumores ora me umedecem e me tornam onda, ora roçam em mim como o destino de calmo passeio e me tornam areia, ora chocam-se contra mim e me tornam rocha. Eu me estendo em muito imensa e dócil praia da qual se aproximam vastos seres coletivos, nervosos e em tumulto, gemendo de modo elementar."

Essas páginas estão entre as mais belas que ele jamais escreveu. E se as prosas brutais de *A palavra falsa*, suscitadas do íntimo por uma veemência contida, atestam uma luta ainda dura contra o jugo do francês, pela primeira vez a língua parece, enfim dócil, obedecer ao sopro liberado. Em *Le temps qu'il fait*, as frases tentavam constantemente encontrar uma cadência como que para chegar ao poema que, apenas ele, poderia lhes garantir equilíbrio. Aqui elas se mantêm até a conclusão, errando por um tempo sobre essas sonoridades que as sustentam, sem as reter, até seu termo. Robin, desta vez, confia no som tanto quanto nas imagens e dobra a sintaxe às exigências do ritmo. Nunca uma língua tão bela foi empregada para falar de uma linguagem tão completamente desnudada de beleza... Mas é no momento em que as propagandas se transformam em visões de ávidos gaviões, em que a frase se abre e se desenrola, que Robin se afirma, triunfante: da linguagem mais nula ele fez a beleza. Ele pode muito bem dizer que "reinventou", numa língua conhecida apenas por ele, o verdadeiro rosto da palavra.

> Você combate no plano ontológico. Portanto podemos arranjar um jeito de dizer, em seu detrimento, que na realidade você se limita a inaugurar um novo gênero literário: o da sátira metafísica.

Panfleto, revanche contra a interminável monotonia das horas de escuta, o texto se oferece como o "diário de um diário": mais que uma reflexão continuada, trata-se de rápidas visões gerais, de instantes de lucidez, de intuições às vezes visionárias que, coordenadas em seguida entre si, se completam. O parentesco com a experiência poética é evidente.

Daí vem a beleza do livro, mas talvez, num certo sentido, também sua fraqueza. Quando Robin tenta dar conta da realidade com a maior precisão, utilizando a força das imagens apenas para levar o leitor a sentir como ele próprio, com a mesma violência, a amplitude aterrorizante das potências verbais desencadeadas, poderíamos aí ver apenas "tendência à poetização" — como ele mesmo temia. Na época da publicação de *A palavra falsa*, toda denúncia dos campos de trabalho, dos processos políticos e das propagandas esbarrava no silêncio ou nas justificativas complacentes: não se devia "desesperar Billancourt".[42] Robin incomodava, ele sabia que incomodava, procurava incomodar o máximo possível. O livro se apresenta assim abruptamente, sem notas nem textos de referência. Se tivessem sido feitas análises mais recentes, sem dúvida elas teriam completado ou corrigido as de Robin, mas algumas notas bastaram para os pontos principais; na verdade foi preciso constatar que, excetuando os de Inkeles e de Jacques Ellul, todos os trabalhos aprofundados são anteriores a *A palavra falsa* (o livro de Hannah Arendt recentemente reeditado foi na verdade escrito dois anos antes do de Robin). Parece que a partir dos

---

42  Atribui-se esta frase a Sartre. Ela significaria que não se deve dizer toda a verdade (no caso, sobre os campos de trabalho na URSS), para não levar ao desespero aqueles que acreditavam no progresso histórico encarnado pela pátria da Revolução. [Nota de Stella Senra]

anos 1960 as propagandas, que aliás, até então, tinham suscitado poucas reflexões, foram admitidas como uma realidade lamentável, mas que se esperava provisória e que não merecia ser pensada. Essa surdez se explica talvez, em parte, pela evolução da rádio soviética, mas uma explicação destas ainda continua bastante insuficiente. Há uma estranha desproporção entre essas massas verbais que atormentam quotidianamente milhões de homens e a importância mínima que os intelectuais ocidentais atribuíram a esse fenômeno. Estudam-se os mecanismos da publicidade e da persuasão política, cujo funcionamento se aproxima ao da propaganda totalitária, mas no plano de fundo dessas análises permanece constantemente a certeza reconfortante de que se trata de um mal benigno. "Uma sociedade na qual a maioria dos membros passa uma grande parte de seu tempo não no imediato e no futuro previsível, mas em algum lugar nos outros mundos inconsequentes do esporte, das novelas, das mitologias e da fantasia metafísica, terá bastante dificuldade para resistir às invasões de quem quiser manipulá-la e dominá-la", observava Huxley.[43]

Esta hipótese está esboçada em *A palavra falsa*: "Os ouvintes russos padecem de sofrimentos que serão talvez amanhã os da humanidade inteira", escreve Robin (e o texto Ultraescuta 1953, citado em anexo, é bem explícito a esse respeito). Nós a encontramos também nessa visão profética à qual Robin aludiu várias vezes: "Tendo a humanidade atravessado o que Ady, em um poema célebre ('L'homme dans sa non-humanité'), chama a 'linha dos horrores', e tendo por outro lado acabado com uma consciência dotada de novos poderes, carregará consigo, nes-

---

43 *Retour au meilleur des mondes*, 1959.

ta formidável revolução, (cujas aparentes transformações não passam de paródias), alguns desses gritos russos" (texto de apresentação de *Quatre poètes russes*). Alguns já atravessaram essa "linha dos horrores" que separa nossa pré-história por vir. Iessiênin, suicidando-se, deixou-se cair antes, diz ele. Atravessar a linha teria sido ultrapassar o insuportável, manter-se em estado de resistência absoluta, admitir que a existência não é nada e, arriscando a cada instante sua vida, afirmar o triunfo do espírito sobre a própria vida. Idealismo — Siniavski, ao escrever dia após dia num campo da Moldávia "um livro capaz de respirar, se dilatando quase até o infinito, e ao mesmo tempo se encolhendo a um único ponto cujo sentido é impenetrável como a alma no seu derradeiro núcleo",[44] testemunha também esse idealismo. Revolta, mas revolta positiva: é o que Robin chama de anarquismo. "Assim como a etimologia indica, a palavra 'anarquista' significa 'partidário da não participação no poder', a etimologia é apenas o ponto de partida; no ponto de chegada, o mesmo termo significa: 'purificado voluntariamente, por uma revolução interior, de qualquer pensamento e qualquer comportamento capaz de implicar de alguma maneira na dominação sobre outras consciências'. O termo não poderia ser mais exato... O estado de espírito anarquista começa por uma catarse."[45] É a esse ponto que chega *A palavra falsa*. O sorriso de São Tomás de Aquino, "poderosamente anarquista e poderosamente tranquilo", não ilumina sem motivo a última página do livro. Ele é, ultrapassando qualquer terror instituído, qualquer absurdo legalizado, do outro lado da linha dos horrores, a última resposta de Robin.

44 Abram Tertz (André Siniavski), *Une voix dans le chœur*. Seuil, 1974.
45 Inédito.

# Advertência à edição francesa

*Muita água correu desde a reedição de* A palavra falsa *que iria contribuir, talvez mais que qualquer outro livro, para chamar a atenção para a obra de Armand Robin uns vinte anos após a sua morte. Pesquisas permitiram que avançasse o conhecimento que se poderia ter do trabalho de escuta, e que fossem corrigidas informações consideradas até então como verdades intangíveis; uma coleção de boletins de escuta acabou sendo, não sem dificuldade, reunida e disponibilizada livremente para consulta; uma quantidade de textos complementares foi descoberta e, principalmente, a crônica dada por Robin ao* Combat, *foi encontrada e publicada por Dominique Radufe, a quem devemos um estudo exaustivo dos boletins de escuta.*[46]

*Em vez de retomar a apresentação de* A palavra falsa *em função dessas informações novas, pareceu mais conveniente conservar um aparato crítico que tinha sua própria coerência, mesmo se certos pontos precisassem ser revistos, e oferecer ao final do volume uma síntese das pesquisas disponíveis no momento.*

*Acrescentamos a esta nova edição dois ensaios desconhecidos em 1979, de modo a reunir num único volume todos os textos que dizem respeito ao trabalho de escuta.*

---

[46] *Expertise de La Fausse parole, chronique des radios étrangères (1947-48)*, Ubacs, 1990. A tese de Dominique Radufe, *Armand Robin, écouteur*, UBO, 1988, infelizmente continua inédita.

# Notas à edição francesa

## A palavra falsa

```
O leão colocou seu albornoz
   para secar no riacho
```

[**Sobre David Rousset**] David Rousset, ensaísta francês (1912-1997). Preso em 1943, quando trabalhava com Pierre Havard e Robert Antelme no gabinete de Pierre Pucheu, Ministro do Interior, no seu retorno do campo de concentração publicou pela editora Minuit o ensaio "L'Univers concentrationnaire", que lhe valeu o prêmio Renaudot. Após ter fundado, com Sartre e Camus, o efêmero Grupo Democrático Revolucionário na busca de uma terceira via contra o gaullismo e o comunismo, processou a publicação *Lettres françaises* por difamação em seguida ao processo Kravchenko. Robin acabava de publicar na revista *Preuves*, com a qual Rousset também colaborava, e tenta aqui reatar com um dos homens que o conheceram sob a Ocupação. David Rousset não respondeu às mensagens que lhe foram enviadas com esse propósito.

[**Sobre "a elíptica linguagem política"**] O "triunfo da poesia política", exasperou Robin, "o espetáculo oferecido há alguns anos pelos intelectuais é um dos mais lamentáveis a que pudemos assistir há gerações na Europa. Nossa literatura acaba de ser desonrada pela miserável farsa, que foi chamada por antífrase de 'poesia da resistência' (que poesia? qual resistência?)... Vimos os defensores da liberdade presidirem tribunais de inquisição, os destruidores de prisões pedirem a multiplicação das prisões, os sonoros profissionais do pensamento pedirem a morte de todo pensamento. Eles não tomaram partido pelos massacrados de todos os países, mas por um dos que massacraram... Eles só brigaram pela escolha dos opressores a quem servirem, não se levantaram contra certos campos de concentração, a não ser para fazer esquecer outros campos de concentração (continuamos esperando o poeta verdadeiramente proletário que clamará em nome dos dezessete milhões de trabalhadores *atualmente* deportados na Sibéria pelos burgueses e pelos capitalistas da URSS)... Todos os escritos tornaram-se falsos; houve uma ruptura completa entre o que se passava realmente na terra e o que comentavam a respeito, obedecendo ordens, os literatos autorizados". ("L'un des autres que je fus", introdução aos *Poèmes d'Ady*. Edição de 1946).

Ver nota sobre o boletim de 1952.

## Um lugar me tem

["Depois, deixei de dormir, o extremo cansaço foi meu ópio..."]
"Pedem-me que trabalhe sete dias por sete
E cada dia um pouco mais de quinze horas,
Restam para minha reflexão três horas,
Para meus sonhos seis horas
Mas um mesmo sonho me sustenta vinte e quatro por vinte e quatro horas",
é o que indica um fragmento póstumo (dentre muitos outros). O tema da fadiga torna-se muito cedo um *leitmotiv* constitutivo da Odisseia das escutas.

## Ultraescuta I – Os gaviões mentais

["**Jorrarão amenidades de segundo grau**"] Ver "Ultraescuta 1955".

["**...suas faculdades de entendimento.**"] Jacques Ellul: "A opinião é mais sensível à propaganda quanto mais informada é (digo 'mais' e não 'melhor'). Quanto mais amplo é o conhecimento dos fatos políticos e econômicos, mais sensível, mais delicado, mais vulnerável é o julgamento." (*Propagandes*, Paris: Armand Colin, 1962.)

## Ultraescuta II – A matança do verbo

["**...que vão ser postas em ação.**"] Goebbels: "Não falamos para dizer algo, mas para obter certo efeito." (Citado por Riess: *Goebbels*, 1959).

["**campo de concentração verbal**"] Hitler: "A propaganda permitiu-nos conservar o poder, a propaganda nos dará a possibilidade de conquistar o mundo." (Citado por Jean-Marie Domenach: *La propagande politique*.)

["**...menos ainda serem colocados na situação de terem, eles próprios, de falar.**"] Aqui Robin vai de encontro a uma das ideias mais importantes de Hannah Arendt: "A eficácia desse gênero de propaganda põe em evidência uma das principais características das massas modernas. Elas não acreditam em nada de visível, nem na realidade de sua própria experiência: elas não têm confiança nem em seus olhos nem em seus ouvidos, mas somente em sua imaginação, que se deixa seduzir por tudo que é ao mesmo tempo universal e coerente por si mesmo. As massas se deixam convencer não pelos fatos, mesmo inventados, mas unicamente pela coerência do sistema do qual elas supostamente fazem parte." (*Le système totalitaire*, p. 78.) "A propaganda totalitária", acrescenta ela, "só pode insultar ostensivamente o senso comum quando esse não tem mais valor. A unica alternativa era enfrentar um crescimento anárquico e o arbitrário total da decadência, ou se curvar diante de uma ideologia de coerência extremamente rígida e fantasticamente fictícia: as massas provavelmente sempre escolherão o segundo termo — não que sejam estúpidas ou perversas, mas porque, em meio ao desastre real, esta evasão lhes permite um mínimo de respeito por si mesmas." (Ibid. p. 79.)

["estalactites e estalagmites"] Erro de impressão ou trocadilho?

## Povo de telecomandados

["Por enquanto a máquina de imagens só agrada"] Ano de 1953.

["E seria até mesmo paradoxal, por mais friamente que pensássemos nisso, que não fosse assim."] O texto de Huxley é interessante na medida em que evoca um aspecto da propaganda deixado na sombra por Robin, por sua vez exclusivamente ocupado em denunciar as propagandas soviéticas: "Durante seu processo após a Segunda Guerra Mundial, o ministro do Armamento de Hitler, Albert Speer, pronunciou um longo discurso, no qual descreveu, com notável agudeza, a tirania nazista e seus métodos. 'A ditadura de Hitler', declarou ele, 'difere num ponto fundamental de todas as que a precederam na história. Ela foi a primeira no atual período de progresso técnico moderno e ela recorreu integralmente a todos os processos técnicos para estabelecer a dominação sobre seu próprio país. Por meio de dispositivos mecânicos tais como o rádio e o alto-falante, 80 milhões de seres humanos foram privados da liberdade de pensar. Em consequência, foi possível submetê-los à vontade de um único deles... **Os ditadores precedentes tinham necessidade de assistentes altamente qualificados, mesmo nos postos subalternos...** Em nossa época de desenvolvimento técnico moderno, o sistema totalitário pode dispensar tais homens; graças aos métodos de informação aperfeiçoados, chegou-se a mecanizar o commando nos escalões inferiores. Daí resultou o nascimento de um novo tipo de executante que recebe ordens sem jamais criticá-las'." (Huxley, *Retour au Meilleur des mondes*, pp. 56-57).

["**...as fórmulas de possessão para sempre imutáveis.**"] Hannah Arendt: "Antes que os chefes das massas tomem o poder para dobrar a realidade às suas mentiras, a propaganda deles se distingue por um desprezo radical em relação aos fatos enquanto tais: é que, do seu ponto de vista, os fatos dependem inteiramente do poder daquele que os pode fabricar... Melhor que todas as outras técnicas de propaganda totalitária, a da predição infalível trai seu objetivo último de conquista mundial, pois é apenas num mundo que estaria completamente sob controle que o ditador totalitário poderia realizar todas a suas profecias mentirosas." (*Le système totalitaire*, p. 76.)

["**...resistam ainda mais coriaceamente.**"] Se "os grupos locais constituem meios muito difíceis de serem atingidos pela propaganda", explica o primeiro, "o processo de individualização por destruição desses micro-grupos cria um meio desintegrado, acessível às propagandas". Já a segunda constata (ver mais acima) que, por conseguinte, as massas podem admitir todo sistema de crenças que lhes confere a ilusão de uma coerência. É possível que Armand Robin entenda por "homem do povo" homens que pertençam a microgrupos (ainda?) desintegrados.

## Além da mentira e da verdade
## Moscou no rádio

[**Título**] O texto original deste capítulo, publicado em abril de 1949 na *Revue de Paris*, é mais curto (Robin modificou o início, condensou a passagem sobre a "osmose" e acrescentou uma conclusão). Ele comporta um parágrafo introdutório:
"O artigo que vai ser lido foi escrito por um anarquista que conhece a Rússia e se dedica profissionalmente há vários anos à escuta das rádios de Moscou. As conclusões às quais chegou pessoalmente, cujo relato será lido, estão vinculadas ao conhecimento que adquiriu do espírito russo. Para serem inteiramente compreendidas talvez exijam do leitor que, rompendo com seus hábitos de pensar, se coloque numa espécie de perspectiva dostoievskiana."
Esse parágrafo é seguido de uma breve introdução:
"Antes de dar início ao estudo das emissões radiofônicas, é necessário fornecer uma explicação de caráter pessoal, pelo que me desculpo.

O tom dessas próximas páginas reflete apenas tenuamente os sentimentos de simpatia, no sentido extenso da palavra, que sinto pelo proletariado russo. O martírio dessa massa infeliz não pode deixar de perturbar por toda a sua vida um homem que, como eu, o testemunhou."
Esta introducão foi substituída pelo longo preâmbulo constituído pela primeira parte do capítulo.

["só puderam comprar um que capta apenas as estações locais."] "Em uma vintena de milhões de aparelhos de recepção... em 1956, 6 milhões eram alto-falantes nos quais não se pode ouvir nenhuma rádio estrangeira... Esses alto-falantes são muito baratos (custam de trinta a cinquenta rublos). São ligados por um cabo a um centro de transmissão onde se encontra um potente aparelho de recepção que grava as emissões dos aparelhos centrais, regionais e locais, os amplifica e transmite... Os aparelhos de recepção custam entre 750 e 1900 rublos." (Bruno Kalnins, *Documents sur la propagande en URSS*).
Em 1966, de fonte oficial, indicava-se que havia 36 milhões de alto-falantes e 38 milhões de aparelhos de rádio, mas esses dados são contestáveis, pois o *Pravda* tinha 48 milhões de aparelhos, e o *Izvestia*, 42 milhões (ver Mark Hopkins, *Mass Media in the Soviet Union*. New York, 1970).

["a investida de Lúcifer contra o homem."] Dentro da retórica cristã, a análise de Robin converge com a de Jacques Ellul, que retoma as observações de de Stolypin. "A propaganda provoca uma separação incrivelmente nítida entre a opinião pública e a opinião pessoal de um mesmo indivíduo... Um aspecto dessa dissociação que Stolypin sublinhou com razão ('Evolução psicológica na URSS', *Économie Contemporaine*, 1952) é a divisão da 'consciência' em três 'compartimentos': a *consciência alinhada*, fórmula correntemente empregada no regime stalinista. Ela corresponde ao 'cidadão consciente da época socialista' que vive da verdade oficial... Esta consciência alinhada é criação da propaganda. Mas sob ela existe uma *consciência premeditada*, o ponto em que o cidadão personaliza os dados da propaganda... o lugar onde ele elabora as justificações e as decisões de comportamentos adequados de modo a conferir menos lugar possível à má consciência. Enfim, existiria uma *consciência secreta* que comportaria recusas, protestos... Mas essa consciência secreta é perfeitamente reprimida, cercada, constrangida e se choca contra interditos tais que as pusões espontâneas nunca haviam encontrado ainda. Esta análise corresponde à de Robin em *A palavra falsa*." (J. Ellul, op. cit., p. 200).

["de tipos indizivelmente grotescos como Courtade"] Alusão a Pierre Courtade (1915-1963), antigo colega de *khâgne*[47] no liceu de Sceaux que se tornou jornalista. A partir de 1947 Maurice Thorez lhe confiou o editorial de política internacional do *L'Humanité*. Ele permaneceria fiel a suas convicções até o fim de sua vida e, para Robin, deveria encarnar a docilidade cega às injunções do partido.

```
              Ultraescuta 1955 - II
```

["o Poder é maldito".] Frase de Louise Michel.

## Notas aos anexos

```
              Boletim nº42, Ano 1952
```

[liberação de Jacques Duclos] Em seguida a uma manifestação de protesto contra a visita de Ridgway (Comandante-chefe das tropas americanas no Extremo Oriente que acabara de ser nomeado comandante das forças militares da OTAN por Truman), Duclos foi preso dia 28 de maio de 1952 e inculpado por atentado à segurança do Estado (porque tinha um revólver, um aparelho de rádio e um par de pombos em seu carro).
André Sid, redator-chefe do *L'Humanité*, tinha sido preso dia 25 de maio. A propósito desse acontecimento, Aragon escreveu um poema representativo

---

47 *Khâgne*: classe nas grandes escolas que prepara a entrada para o exame da Escola Normal Superior. [Nota de Stella Senra]

da poesia da Nova Resistência à qual Robin alude no início de *A palavra falsa*:
"Paris não pode mais amordaçar com facilidade
De todo o nosso país os criminosos do átomo
Ao ouvir se elevar a expressão GO HOME
Isto os fazia praguejar até dormindo [...]

É preciso poupar a opinião pública

Sob pena de incêncio inventa-se um complô
Ao eliminar o Deputado Duclos
O senhor Brune por sua vez defende a República."

Este texto, intitulado "O Complô", foi publicado ao lado de muitos outros no *L'Humanité*. O senhor Brune era Ministro do Interior. Duclos foi libertado em 2 de junho.

## Boletim nº9, Ano 1952

["...**e os jornais nem é preciso dizer**"] O governo de Malenkov era considerado relativamente liberal. Por julgar urgente uma melhoria das condições de vida do povo, Malenkov propunha reduzir parte da indústria pesada e de armamentos, em benefício da agricultura. Khrushchov (Primeiro Secretário do Comité Central do PCUS desde setembro de 1953), apoiado pelos quadros do partido e pelo exército, combateu esse ponto de vista e provocou a demissão de Malenkov. Tendo confessado ao Soviete Supremo "sua falta de aptitude para o trabalho local, e sua responsabilidade pelo estado pouco satisfatório da agricultura" (Aragon, *Histoire de l'URSS*), Malenkov foi substituído em 8 de fevereiro pelo Marechal Bulgánin. Malenkov voltou a ser vice-presidente do Conselho de Ministros; os outros vice-presidentes eram: Molotov, Mikoyan, Pervukhin, Saburov, Kaganovitch.

["**inclusive com os Estados Unidos**"] Em março de 1955 a URSS assinou com a Áustria um tratado pelo qual se comprometia a retirar as tropas de ocupação. Em junho, ela proporia a Bonn a retomada de suas relações políticas e econômicas. O boletim de 9 de fevereiro de 1955 indica claramente essas tendências e permite prever a política de distenção de Khrushchov em relação ao ocidente ao abordar, pela primeira vez, o tema da *osmose*, destinado a se tornar um dos grandes temas dos boletins de escuta.

["nos transmitiu como que por acaso alguns trechos de um discurso absolutamente apolítico pronunciado em uma pequenina região da Sibéria por Khrushchov perante os desbravadores de terras incultas; ver boletim dessa data."] Na verdade, a viagem de Bulgánin e Khrushchov à Índia, de 18 de novembro a 7 de dezembro, foi o acontecimento essencial do final do ano de 1955. No que diz respeito à aproximação sovieto-iuguslava, ver a primeira nota referente ao boletim Nº 38, 1955).

## Boletim n°38, Ano 1955

["Moscou e os estados satélites"] No dia 28 de junho de 1948, Stálin tinha feito votar uma resolução do Kominform condenando Tito. Devido à aprovação maciça do 5º Congresso do partido iuguslavo, Tito conseguiu manter seu posto, mas as rádios stalinistas foram desencadeadas por anos e anos contra os dirigentes iuguslavos. (Ver primeiro capítudo deste livro). Uma das primeiras iniciativas de Khrushchov foi visitar a Iuguslávia para uma reconciliação com Tito. "Nós publicamos um comunicado comum... Tito insistiu para que nele figurassem nosso compromisso de respeitar os princípios da não ingerência nos negócios interiores dos outros países e a declaração de que cada país era livre para agir a seu modo, independentemente de qualquer pressão exterior. Aceitamos, sinceramente persuadidos de que não há relações possíveis sem confiança recíproca." (Khrushchov, *Memórias*). Um ano depois, os blindados soviéticos entravam em Budapeste (Hungria).

["NEZVAL foi antes de tudo um surrealista."] Tendo rompido em 1938 com o surrealismo, Vítězslav Nezval (1900-1958) tornou-se, após o triunfo do regime comunista na Tchecoslováquia, seu poeta oficial. No entanto seus últimos escritos deveriam apoiar em certa medida o crescente movimento de revolta. Roman Jakobson relata a propósito de Nezval uma experiência que confirma a de Robin: "Na época ele não conhecia uma palavra de russo, mas um dia eu lhe disse: 'Estou preparando uma edição sobre Pushkin em tcheco e gostaria que fosse você o tradutor do texto mais difícil.' Sabem o que ele me respondeu? 'Leia-o e em russo para eu ouvir e traduza-o palavra por palavra.' Foi o que fiz... Pois bem, no dia seguinte Nezval entregou uma tradução que continua sendo uma das mais belas transposições de Pushkin em língua eslava." (Entrevista com Jean-Pierre Faye, *Hypothèses*, Seghers--Laffont, p. 38).

# Bibliografia sumária

ARENDT, Hannah. *Le système totalitaire*. Seuil, 1972.

BENHALLA, Fouad. *La guerre radiophonique*. Paris: PUF, 1983 (RPP).

DOMENACH, Jean-Marie. *La propagande politique*. Paris: PUF, 1950 (Que sais-je ?).

ELLUL, Jacques. *Propagandes*. Paris: Armand Colin, 1962.

_____. *Histoire de la propagande*. Paris: PUF, 1967 (Que sais-je ?).

FAYE, Jean-Pierre. *Langages totalitaires*. Paris: Hermann, 1972.

_____. *La propagande en URSS*, diretivas para 1963-1975 do Comitê Central do PCUS. Paris: La documentation française, 1976.

GIDE, André. *Retour de l'URSS*. Paris: Gallimard, 1936.

_____. *Retouches à mon retour d'URSS*. Paris: Gallimard, 1937.

INKELES, Alex. *L'opinion publique en Russie soviétique*. Paris: Les îles d'or, 1956.

JEANNENEY, Jean-Noël. *L'écho du siècle*. Paris: Hachette-Arte, 2001.

KALNINS, Bruno. *La propagande en URSS* (estudo descritivo detalhado publicado em Estocolmo em 1956). Paris: La documentation française, 1959.

LANDAU, Gilles. *Introduction à la radiodiffusion internationale*. Paris: Davoze, 1986.

MORVAN, Françoise. *Armand Robin : bilans d'une recherche*. Rennes: Universidade de Rennes II, 1989, 7 vols.

QUENTIN, Pol. *La propagande politique*. Paris: Plon, 1946.

RADUFE, Dominique. *Armand Robin, écouteur*. Rennes: Université de Rennes II, 1988, 2 vols.

ROBIN, Armand. *Écrits oubliés*. Rennes: Ubacs, 1986.

_____. *Expertise de la fausse parole*. Rennes: Ubacs, 1990.

_____. *Cahiers d'histoire de la radiodiffusion* n° 32, mars 1992.

TCHAKHOTINE, Serge. *Le viol des foules par la propagande politique*. Paris: Gallimard, 1939.

THOM, Françoise. *La langue de bois*. Paris: Julliard, 1987.

Dados Internacionais de Catalogação na Publicação (CIP)
de acordo com ISBD

---

R655p    Robin, Armand

        A palavra falsa / Armand Robin ; organizado por Françoise Morvan ; traduzido por Stella Senra.
São Paulo : n-1 edições, 2022.
260 p. : il. ; 21cm x 13cm.

Inclui índice, bibliografia e anexo

ISBN: 978-65-86941-90-6

1.Comunicação. 2.Literatura. 3.Filosofia. 4.Política. 5.Linguagem. 6.Propaganda. I. Morvan, Françoise. II. SEnra, Stella. III. título.

2022-629                          CDD 302.2
                                  CDU 316.77

---

**Elaborado por Odílio Hilario Moreira Junior - CRB-8/9949**

        **Índice para catálogo sistemático:**
1.     Comunicação 302.2
2.     Comunicação 316.77

# n-1

O livro como imagem do mundo é de toda maneira uma ideia insípida. Na verdade não basta dizer Viva o múltiplo, grito de resto difícil de emitir. Nenhuma habilidade tipográfica, lexical ou mesmo sintática será suficiente para fazê-lo ouvir. É preciso fazer o múltiplo, não acrescentando sempre uma dimensão superior, mas, ao contrário, da maneira mais simples, com força de sobriedade, no nível das dimensões de que se dispõe, sempre n-1 (é somente assim que o uno faz parte do múltiplo, estando sempre subtraído dele). Subtrair o único da multiplicidade a ser constituída; escrever a n-1.

Gilles Deleuze e Félix Guattari

n-1edicoes.org